Sur la Tête
de
Bouddha

Pierrick Dufray

Sur la Tête
de
Bouddha

Le Grand Voyage

Édition : BoD – Books on Demand
12/14 rond-point des Champs-Élysées, 75008 Paris
Impression : BoD - Books on Demand, Norderstedt, Allemagne

Dépôt légal : Mars 2022

ISBN 9782322179572

pierrick.dufray@eurosof.de.

À Pierre, sans qui je n'aurais pas fait ce voyage.

Grand Bouddha

Pierre

Patrick

Table

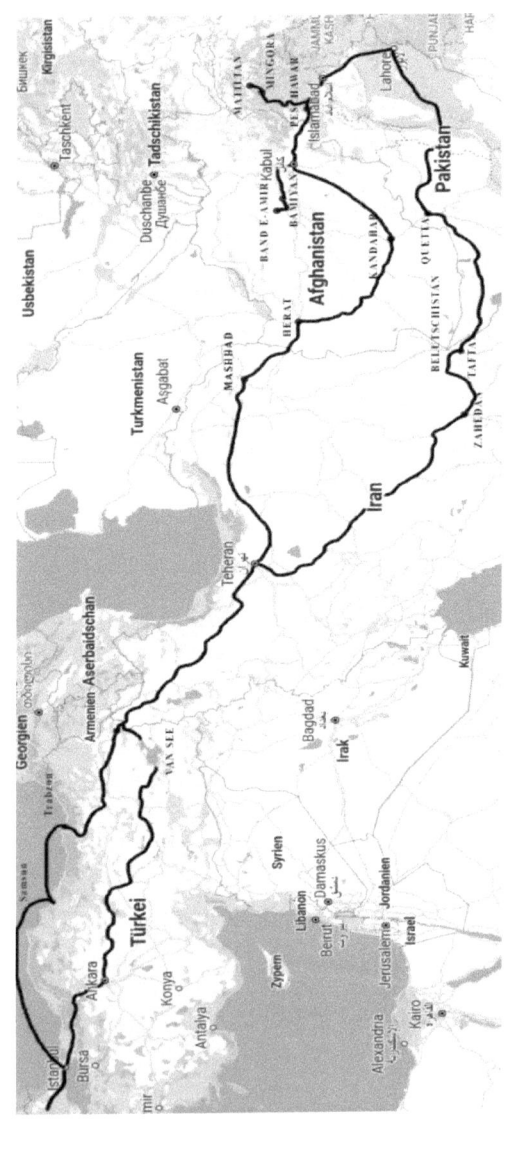

8

Le seul véritable voyage,
le seul bain de Jouvence,
ce ne serait pas d'aller
vers de nouveaux paysages,
mais d'avoir d'autres yeux,
de voir l'univers avec les yeux d'un autre,
de cent autres, de voir les cent univers
que chacun d'eux voit,
que chacun d'eux est.

Marcel Proust,
À la recherche du temps perdu
La Prisonnière, tome 2

Avant le Départ

Mars 1972, Caen, France

Les CRS ont à nouveau frappé dur. La manif pour protester contre l'assassinat de Pierre Overney, un ouvrier maoïste abattu par un vigile de Renault, a mal tourné. Daniel saigne à la tête quand il revient dans notre appartement, dans un sous-sol de la Cité du Chemin Vert. J'étais, moi aussi, à la manif, mais je suis foutu le camp avant que les pavés et les grenades lacrymogènes ne commencent à voler. Daniel, lui, a préféré rester en ville pour se mesurer avec les flics. Il nous conte maintenant avec fierté tous ses exploits ainsi que ceux de ses copains de combat, pendant que Geneviève nettoie délicatement ses plaies. Je l'écoute raconter son histoire, plutôt effrayé par

9

les brutaux et sanglants détails de cette violente rencontre. La violence n'est vraiment pas mon truc et je suis bien heureux d'avoir évité ces bagarres. Mon idole personnelle serait plutôt Gandhi, celui que Churchill nommait « un fakir à moitié nu », que Che Guevara même si la majorité des mecs dans la manif avaient plutôt un faible pour le fier fumeur de cigares sudaméricain. Le maigrichon ascète enroulé dans sa toge n'a jamais été très populaire chez les jeunes européens révoltés et son temps semble maintenant révolu. Mais les deux révolutionnaires du Tiers Monde s'en foutent maintenant complètement, ils ont été tous les deux brutalement assassinés, tout comme Martin Luther King, tué par des racistes américains, Patrice Lumumba, torturé et assassiné, son corps ensuite découpé, dilué dans un bain d'acide et le reste brulé ainsi que beaucoup d'autres. Non, ils ne sont pas morts par hasard et ils ne seront pas les derniers à mourir pour leurs idées.

Je vis, actuellement dans une petite communauté anarchiste créée par François, un insoumis militant non-violent, avec Michèle, son amie et Régine, la sœur de sa copine. Jean Michel, un sympa anar avec qui j'ai eu le privilège de faire pas mal de conneries, Montse, ma petite copine espagnole, Adèle, une belle petite italienne qui a fait tourner la tête à Pierre, mon ami suisse, ainsi que quelques copains de passage, comme Daniel, qui vient de se prendre un coup de matraque par les flics, et sa petite amie Geneviève, y séjournent également. Denis, qui vient juste de revenir du Maroc dans un état plutôt délabré, défoncé et en manque, y a également trouvé asile.

Daniel est en ce moment très excité et la bagarre avec les flics ne l'a pas beaucoup calmé, bien au contraire, je trouve. Il devient même de plus en plus agressif et semble au bord de l'implosion. Il se peut que, quand on est né dans une famille d'ouvriers métallurgistes à Mondeville, la vie de tous les jours ne soit pas toujours facile et la non-violence pas forcément au menu du soir. Il a en tout cas un besoin urgent de mouvement et d'air frais et peut être aussi de se faire oublier après cette rude bagarre de rue.

Il faut dire que l'atmosphère en France et spécialement à Caen, en ce moment, est plutôt tendue. Pompidou, qui a succédé au Généralissime, il y a quelques années, veut éradiquer jusqu'à la racine les fleurs de Mai 68 et il est en bonne voie de remplir sa mission, malheureusement pour nous qui aimerions continuer de rêver en un monde meilleur. Daniel devient lentement conscient qu'il a besoin de changement et a finalement décidé de rendre visite à sa sœur Rosemarie, qui est partie à Göttingen pour y faire un stage de poterie, et, comme il ne veut pas ou n'ose pas faire la route en auto-stop tout seul, il m'a demandé, si je veux bien l'accompagner, ce que j'ai accepté spontanément.

J'ai, moi aussi, un besoin urgent de changer d'air, j'en ai marre de passer presque chaque semaine une ou deux nuits blanches au commissariat, enfermé dans une cellule empissée ou emmenotté à un radiateur par des policiers qui semblent prendre un sadique plaisir à me chicaner, espérant sans doute par ces actes briser ma résistance. Leur tactique commence à porter ses fruits et je n'ai plus qu'un désir : foutre aussi vite que possible le camp d'ici.

Ça pue en France !
Partons pour l'Allemagne !

En passant, nous irons rendre visite à Pedro, un copain d'origine italienne qui venait souvent faire la fête avec nous dans l'appart que j'avais loué dans la rue des Cordeliers mais que j'ai dû abandonner à cause des flics qui nous chicanaient autant qu'ils le pouvaient. Pedro travaille actuellement sur un chantier à Mainz (Mayence) en Allemagne. Ça fera plaisir de le revoir et puis, c'est sur notre route.

Je parle un peu allemand, la première langue étrangère que j'avais choisie au lycée de Granville pour faire comme mon meilleur copain, et je connais un tout petit peu le pays, après y avoir passé un intéressant *Trip* l'année dernière dans la vieille ville étudiante d'Heidelberg. Les souvenirs sont encore frais et je me réjouis de ces retrouvailles.

Mars 1971, Heidelberg, Allemagne

C'était le 8 mars 1972, le jour où Joe Frazier affrontait Mohamed Ali (mieux connu à cette époque sous le nom de Cassius Clay) sur le ring du Madison Square Garden. Je ne connaissais à l'époque ni l'un ni l'autre et « Le Combat du Siècle » n'avait pour moi aucune signification, la boxe n'étant pas mon sport préféré et de loin. Pourtant, au beau milieu de mon trip dans un sombre café enfumé, rempli de jeunes

étudiants allemands et d'aussi jeunes soldats yankees, dans la vieille ville d'Heidelberg, un énorme
noir américain, un gigantesque Djinn sorti de la
lampe d'Aladin, m'apostropha et répéta plusieurs
fois, d'une voix rauque et forte : « Klee au Frai-
sieur ? » « Klee au Fraisier ? » « Clef ou Fraisier ? ».
La phrase résonnait dans ma tête comme un coup de
tonnerre, laissant exploser dans toutes les directions
des éclairs indéchiffrables. Je ne comprenais absolument rien à cette étrange question, à ce message
d'un autre monde.

Que voulait de moi ce mec ? Qui était-il ? Un militaire de retour du Vietnam, les mains encore dégou-
linantes de sang ? Un flic ? un indic ? Un tueur de hippies ? Je commençais sérieusement à flipper, ce qui
n'est vraiment pas bon du tout quand on est en plein
trip. Je planais entre « Strawberry fields », un trèfle
à quatre feuilles, la clef du Paradis ou de l'Enfer et un
GI tranchant la gorge d'un paysan Viêt-Cong, alors
que ce fou de boxe voulait juste savoir de moi qui de
« Clay or Frazier » gagnerait le combat du siècle.
Mon cerveau défoncé, du moins sa partie immergée,
et ma pompe se sont emballés comme un cheval de
course au galop et ne se sont calmés que bien plus
tard dans la nuit, quand nous nous sommes enfoncés
dans nos duvets pour essayer de dormir, sur un matelas à même le sol, au milieu d'une salle d'un centre
de « je ne sais pas quoi » pour junkies en fin de rouleau. Si je me rappelle bien, le centre s'appelait « Re-
lease Heidelberg » et avait pour but de venir en aide
aux drogués et aux malades psychiques du coin.
Nous étions entourés de drogués en manque et nous

avions les poches pleines de trips, les meilleurs du moment en Europe, paraît-il. Allez maintenant savoir comment nous sommes arrivés dans ce bordel. Aucune idée, mais le principal est que je sois bien redescendu de ce trip et que nous nous en soyons sortis sans avoir été dévalisés. On ne sait jamais, avec tous ces junkies en manque !

Ils ne nous avaient rien volé, bien au contraire. Après notre retour en stop en Suisse, le pays où je vivais à cette époque, un pays dont les voisins disent qu'on pourrait y manger directement du trottoir, tellement c'est propre, j'ai subi une sournoise et massive attaque de poux allemands en manque de sang de junky. Les salauds de freaks et autres « Clochards de Dieu » qui dormaient dans ce bordel de drogués m'avaient fait un cadeau empoisonné. J'étais totalement infecté et je devais me soumettre sans tarder à une cure anti-poux.

Pierre m'avait, au milieu de la nuit, emmené dans la super villa de ses parents et j'avais couché sur un sofa entre le piano et la contrebasse dans la salle de musique familiale où ses sœurs s'entrainaient. Et maintenant, allongé comme un pacha dans la baignoire de la luxurieuse salle de bains de leur petit château, au beau milieu d'un quartier huppé de Gümligen, où vivent quelques millionnaires bernois, le shampoing à la DDT, la bombe atomique des insecticides, fit sérieusement et efficacement son boulot et offrit aux poux junkies un dernier flash mortel.

Quel Massacre ! Quel Trip !
Les poux sont morts heureux, je crois.

Mais je me perds dans ces vieilles histoires de drogués, retournons vite sur le bon chemin !

Nous quittons Caen en stop et essayons de gagner Strasbourg avant de pouvoir traverser le Rhin, deux difficiles journées d'auto-stop, la France n'étant vraiment pas le paradis des auto-stoppeurs, surtout quand deux gars à la longue, blonde et lisse (Daniel) ou épaisse, brune et crêpée crinière (la mienne) tendent leur pouce et leur petite pancarte au bord des routes nationales et des bretelles d'autoroute. Tout seul, cela marche mieux, les homosexuels qui pensent pouvoir tenter leur chance, peut-être à cause de notre apparition que certains trouvent efféminée, et les représentants de commerce qui s'ennuient, seuls au volant, sur les monotones routes nationales, font parfois d'agréables compagnons de voyage mais à deux chevelus, ça coince un peu. Il ne reste, à Daniel et à moi, que quelques alcooliques, qui ont noyé dans l'alcool tous leurs préjugés et n'ont peur de rien, les fous, qui se foutent de tout et semblent se sentir bien en notre compagnie, quelques malheureux désespérés, qui n'ont plus rien à perdre, ainsi que quelques catholiques qui nous prennent, sans doute, pour la réincarnation de Jésus, ou d'autres fanatiques religieux qui croient pouvoir nous convertir en passant. Cela ne fait pas des masses de clients et ce n'est pas sans danger, mais ces rencontres fortuites peuvent être parfois très amusantes ou du moins intéressantes.

Nous passons la deuxième nuit du voyage à Strasbourg dans un refuge de l'Armée du Salut, qui nous offre aussi une assiette de soupe chaude et reprenons le lendemain matin notre route en direction du pont de Kehl. La première voiture qui arrête nous emmène à Baden-Baden, la célèbre ville où le général Dégueule[1], énervé par la révolte qui enflammait Paris et faisait trembler le pays, a été cherché le soutien de son ami le général Massu, pour certains français le « Libérateur d'Alger », pour nous plutôt le détesté « Apôtre de la Torture ». Nous traversons à pied la petite ville, où les jeeps de l'armée française d'occupation se baladent comme si elles étaient chez eux, et gagnons rapidement Mayence, où Pedro nous héberge pour une nuit, avant de continuer notre route vers Göttingen. Le stop en Allemagne marche beaucoup mieux qu'en France, deux bagnoles en une journée nous suffisent pour atteindre Göttingen avant que la nuit tombe. En arrivant en Basse Saxe, quelques flocons de neige nous surprennent. Nous sommes loin à l'est et pas loin de la DDR (Allemagne de l'Est). Le « Rideau de Fer »et les espions qui viennent du froid ne sont qu'à une cinquantaine de kilomètres d'ici. La dernière guerre et ses séquelles nous poursuivent partout.

Avril 1972, Göttingen, Allemagne

Göttingen est une petite ville provinciale de Basse Saxe, agréablement peuplée de nombreux étudiants plus ou moins subversifs mais tous très ouverts. Les lycéens et les autres jeunes de la ville se rassemblent

---

[1] Inspiré par Léo Ferré : « Et qu'il ne sait pas / Que tu le dégueules / En rentrant chez toi »

en semaine autour du puits devant la mairie, on y achète assez librement son shit et ce dont on a autrement envie. Les gars sont ouverts, les filles sont belles et francophiles.

C'est chouette ici !

Les allemandes et les allemands sont plutôt sympas et je les apprécie, surtout les petites allemandes, et cela pas seulement pour emmerder les revanchards français qui les traitent de « boches », comme mon grand-père, qui ne s'est jamais gêné de les nommer ainsi, bien que personne n'ait jamais été capable de me dire ce que ce mot signifie vraiment. Il faut dire aussi qu'il n'aimait pas beaucoup plus les « Tommies » et les « Yankees » D'autres, en France, préfèrent les dénigrer en les traitant de « Schleux », mais pour dire la vérité, les vieux cons et les « petits bourgeois » français et beaucoup d'autres détestent encore plus les jeunes, principalement ces jeunes voyous avec leurs cheveux longs, leurs « gueules de nanas » et leur « musique de nègres » mais ceux que l'on déteste le plus dans les provinces françaises, ce sont bien sûr les Parisiens, ces êtres prétentieux et arrogants qui descendent de la mal-aimée capitale et sont considérés par les provinciaux comme des envahisseurs. Les juifs, ces mal-aimés de l'histoire, on n'en parle pas beaucoup, mais ce n'est sans doute qu'une question de temps. Comme toujours, le peuple a besoin d'un bouc émissaire ou de plusieurs et en change régulièrement.

Pas étonnant, donc, que l'histoire de ce jeune boche juif de Paris, Daniel Cohn-Bendit, pas nègre

mais anarchiste, ce qui est pour nombre de bourgeois bien encore pire, me revienne alors à l'esprit. Il
fut, en mars 1968, expulsé de France par le « Sau-
veur de la Nation », Monsieur le Président, le Général
De Gaulle et pour protester contre cette expulsion,
moi, mes amis libertaires et quelques autres, avons
crié avec ferveur dans les rues françaises, pour affi-
cher notre soutien à ce petit anar et choquer les petits bourgeois, que nous étions « tous des juifs allemands ! ». Nos slogans tabous ont fait vibrer les
vitres de France, pour le plaisir de *Dany Le Rouge*,
qui vit maintenant à Francfort, ville que nous venons
juste de traverser.

Oui, même si tous les CRS ne sont pas des SS, nous
nous sentons quand même comme des juifs allemands qui cherchent la plage sous les pavés, car il
faut bien être réaliste et demander l'impossible.

Ah, que nous les aimons,
ces slogans, ces provocations !

Je rentrais donc dans ma patrie de cœur avec Daniel K. qui portait un nom de famille plutôt germa-
nique, mais n'était ni juif ni allemand. Daniel n'était
tout bêtement qu'un copain psychotique qui se faisait des soucis pour sa sœurette, mais n'avait pas eu
le courage de faire la route tout seul. Il est très vite
reparti sans moi pour regagner sa ville natale et retrouver sa petite copine, qui l'attendait avec impa-
tience. Sa sœur, qui ne se faisait pas du tout de soucis
et qui se sentait bien dans cette agréable ville étudiante, y est restée pour terminer son stage de poterie. J'y suis resté, moi aussi, rien que pour le plaisir

et y ai vite trouvé une place pour dormir dans une petite communauté d'étudiants, qu'on appelle ici une « Wohngemeinschaft », en court une WG, et un petit boulot pour me faire un peu de fric. Nos cousins et amis héréditaires germains, contrairement à la majorité des « franzouses » et de beaucoup de leurs voisins, semblent avoir intériorisé la leçon que l'histoire leur a donnée ; ils restent humbles et calmes et ne fêtent pas leur nation comme le nombril du monde. Leur république est jeune et moderne, l'atmosphère, dans le pays, y est plus légère et agréable que dans la vieille république française, n'en déplaise à mon grincheux grand-père et aux revanchards de tous bords. En plus, les boites allemandes payent bien et on trouve ici rapidement un petit boulot que l'on peut garder aussi longtemps qu'on le désire, en changer au gré du vent ou arrêter quand on en a marre.

J'adore !

Et la cerise sur la « Schwarzwälder Torte », pas un seul contrôle d'identité en un mois, pas une seule nuit au commissariat, à croire que les policiers allemands ont peur de sortir de leurs casernes le soir, à moins qu'ils préfèrent rester dans leurs bureaux bien chauffés à jouer au *Skat*, un jeu de cartes très répandu ici. Cette absence de répression quotidienne, cet air de liberté que j'avais presque oublié, me ravissent. Ici, je peux respirer !

La vie dans la WG est agréable et le boulot que j'ai trouvé est, bien que plutôt ingrat, assez bien payé. Je vais chaque jour au boulot en vélo, une vieille bicyclette qu'un copain étudiant m'a autorisé à prendre, j'économise ainsi l'argent du bus et peux me balader dans la ville et aux alentours comme j'en ai envie. Le travail n'est pas très compliqué mais la machine est très bruyante, ce qui a l'avantage qu'on me laisse tranquille car les chefs ne viennent pas souvent voire ce que je fais.

Comme Barbara, je me sens bien à Göttingen.

> *« A Paris ou à Göttingen.*
> *Oh faites que jamais ne revienne*
> *Le temps du sang et de la haine*
> *Car il y a des gens que j'aime,*
> *A Göttingen, à Göttingen. »*

Barbara

Les jours passent tranquillement, un monotone mais supportable vélo-boulot-WG.

Un beau matin, au boulot, au milieu du bruit infernal émis par le broyeur qui avale les casiers-plastique et les recrache en granulés pour les recycler, un visage apparaît et me fait signe d'arrêter la machine. Surprise, surprise ! C'est Pierre.

Mais que vient-il faire à Göttingen ? Et comment a-t-il pu retrouver ma trace ? Peu de gens savent exactement où je suis, même pas mes parents. Il est certainement venu à Caen pour voir Adèle qui vit aussi au Chemin Vert et Daniel a dû lui donner mes coordonnées spatio-temporelles. Mais qu'importe comment, je me réjouis de le revoir et il me dit, sans grands détours, la raison de sa quête à travers l'Europe. Il vient me chercher afin que nous puissions enfin entamer notre Grand Voyage en Asie. OK, pas de problème ! Je suis prêt ! J'arrête la machine, retire mon casque protecteur, vais au bureau de la boite et y informe la secrétaire que je viens de décider d'arrêter le boulot et lui demande de régler mon compte. Elle fait une drôle de gueule mais je m'en fous.

La vie n'est pas plus compliquée que ça !
Il faut juste savoir ce que l'on veut.

Nous restons encore deux jours à Göttingen en attendant que mes papiers et mon salaire soient réglés, y faisons quelques balades, un petit tour en bateau sur un mini-lac où nous fumons un beau joint en préparation des intenses discussions philosophico-politiques du soir avec les étudiants de la WG qui m'ont hébergé. Jean Paul Sartre fait un tabac chez les jeunes étudiants allemands, Camus aussi. JPS et Camus, JPS ou Camus, il faut avoir une opinion et prendre position, c'est du moins ce qu'ils pensent. Moi je serais plutôt adepte de Jean-Sol Partre, un personnage de « L'Écume des Jours » de Boris Vian, cet écrivain de génie, héritier de Dada et des surréalistes, digne des héros de la *Beat Generation,* qui est mort à trente-neuf ans pendant la projection d'un film tiré de son livre : « J'irai cracher sur vos tombes ». Les jeunes allemands ne le connaissent malheureusement pas mais il est, parmi ces trois écrivains, celui que j'apprécie le plus.

Pour fermer la parenthèse allemande avec humour et légèreté, avant de reprendre la Route et ouvrir la page du Grand Voyage, chantons avec Brassens, un autre Beatnik méconnu, l'hymne franco-allemand de la réconciliation.

« Quand je pense aux allemandes,
je bande, je bande
Quand je pense à Sissi,
je bande aussi »[2]

(En espérant que Georges et Fernande me pardonnent ce détournement.)

Retournons aux choses sérieuses. Nous avons tous les deux dix-neuf ans et nous rêvons depuis un an de ce « Grand Voyage » en Asie, de partir pour l'Afghanistan, les Indes, Katmandou, et peut être plus loin, l'Indonésie ou même l'Australie, si nous en avons encore l'énergie et les finances. Nous sommes impatients de partir, car nous avons déjà perdu une année à cause des flics suisses.

Les flics, toujours les flics !

Juillet 1971, Berne, Suisse

Il y a environ neuf mois, à Berne, un matin de Juillet, ils ont frappé de très bonne heure à la porte de l'appart des parents de Hans qui nous avait hébergés

---

[2] Inspiré par Georges Brassens : « Quand je pense à Fernande, je bande, je bande / Quand j'pense à Félicie, je bande aussi. »

pendant que ses vieux étaient en vacances. Nous venions de passer la dernière nuit avec nos petites amies, une nuit d'adieu avant ce que nous espérions être le « Grand Départ » et qui devint très vite la « Grande Désillusion ». Les flics sont entrés en force, mais sans extrême violence, ont contrôlé nos papiers et nous ont mis, à Pierre et moi, les menottes, ils nous ont enfournés dans leurs bagnoles et emmenés au commissariat, sans rien nous dire, comme dans un mauvais film policier. Ils nous ont fouillés, humiliés puis séparés, questionnés et emprisonnés pour différentes raisons que je ne comprendrai que quelques jours plus tard, quand un avocat commis d'office viendra me visiter dans ma cellule de la prison de Delémont, dans le Jura suisse, pour m'expliquer mes méfaits.

Les accusations étaient plutôt risibles :

Occupation d'immeuble avec des maoïstes, une sorte de squat à Evilard, une petite commune qui surplombe Bienne, une ville suisse, très bourgeoise comme on peut s'y attendre. Je ne savais même pas qu'il y avait des maoïstes en Suisse, beaucoup de millionnaires oui, mais des maoïstes, ça alors, c'était plutôt nouveau pour moi. J'étais bien allé dans cette maison plutôt déglinguée et j'y avais en effet passé quelques semaines, l'hiver dernier, avant de partir pour Heidelberg, mais nous n'avions pas été spécialement inquiétés. Nous avions même, un jour, été arrêtés à Bienne et emmenés au commissariat parce que nous vendions quelques bijoux artisanaux, que nous avions fabriqués nous-même avec des clous de fer à cheval et des fils d'argent, sur les trottoirs suisses sans autorisation et je leur avais même donné l'adresse de la baraque d'Evilard comme mon lieu d'habitation. Ils ne m'avaient alors rien reproché. Étrange pays ! Je ne savais même pas, à l'époque, que la maison était occupée ; il n'y avait pas de slogans peints sur les murs, pas de draps remplis de revendications sous les fenêtres ou sur la façade, rien dont j'aurai pu en déduire que cette vieille baraque était occupée par de jeunes « révolutionnaires suisses ». Pour être honnête, je m'en foutais complètement, cela ne m'aurait pas empêché d'y séjourner, bien au contraire peut-être, mais là n'était pas le problème et je ne pensais pas le dire au juge.

Deuxième point d'accusation : Détournement de mineure.

Là, j'étais plutôt étonné, car, d'après la loi française, j'étais moi-même mineur, j'avais juste dix-huit ans et la majorité était alors à vingt-et-un ans. Ma petite détournée avait un an de moins que moi, je dois l'avouer, mais elle était plus que consentante, et je crois même me rappeler que c'était elle qui m'avait fait les yeux doux et offert ce fruit mûr que j'ai cueilli et que nous avons dégusté ensemble.

Je ne voyais donc pas du tout le problème que les juges suisses essayaient de construire pour me foutre en prison, à part que Maja était la fille unique d'une riche famille d'Evilard et que les fréquentations de leur gamine qui venait chaque jour chez nous, dans notre maison soi-disant occupée, pour y écouter de la musique, y discuter, y boire, y fumer et s'y aimer, ne pouvaient que déplaire à cette famille bourgeoise, surtout depuis cette mémorable nuit d'été où nous étions passés au-dessus du mur de leur jardin pour prendre un bain de minuit dans leur petite piscine privée. Nous nous étions bien rafraîchis et amusés, mais les traces laissées, cette nuit-là, par tous ces corps nus dans ce petit univers bourgeois avaient très certainement choqué les propriétaires et activé leur esprit de revanche.

Et enfin, le dernier point de l'accusation : Enfreinte à la loi sur l'usage de stupéfiants.

Comment pouvaient-ils insinuer un truc pareil ? Nous n'avions rien sur nous et n'avions rien fumé la nuit avant notre arrestation et les flics n'avaient absolument rien trouvé, ni sur nous, ni dans l'appart de Hans. Je me sentais vraiment innocent, mais il paraît que dans la prise de sang qu'ils m'avaient faite avant de commencer leur interrogatoire au commissariat, des traces de ma consommation de haschich avaient été découvertes. Bien sûr, j'avais certainement fumé un joint ou deux au cours de la semaine avant notre arrestation, mais je n'avais jamais entendu que l'on puisse être condamné pour consommation de stupéfiants, si on n'était pas pris en plein délit, ou si on ne pouvait pas prouver la possession, la prise volontaire ou un quelconque deal de cette drogue. Un esprit malveillant aurait théoriquement pu mettre du shit dans mon thé sans ma connaissance ou mon accord ou me forcer par la force à le prendre. Allez prouver le contraire, Mr le Procureur !

Je plaide non-coupable !
Mais quels tristes tropiques.

Mais une autre pensée me hante encore : Comment les flics avaient-ils pu savoir que nous passions notre dernière nuit dans cet appart ? Qui nous avait vendus ? Les parents des filles ? Ce n'était pas impossible qu'ils aient eu vent de cette rencontre et aient alerté la police de Berne. Je pensais jusqu'ici qu'ils devaient être contents que nous quittions Evilard et disparaissions de Suisse pour des mois, mais peut-être ont-ils eu trop peur que nous emmenions leurs petits bijoux avec nous, sur les *chemins de la désolation*[3]. Mais qui, si ce ne sont pas eux ? Les parents de Pierre, qui auraient voulu à tout prix nous empêcher de prendre la Route des Indes ? Ce n'est pas improbable.

Vu l'ampleur de l'action policière complètement démesurée pour l'arrestation de deux petites merdes qui voulaient le jour même quitter le pays, celui qui avait organisé ça devait avoir le bras long, et le père de Pierre qui était la grosse tête d'une importante institution de Berne avait à coup sûr les connections nécessaires pour organiser un tel bordel. Je ne crois pas que les parents de Maja ou de Ruth, l'autre gentille suissesse qui avait partagé le lit avec Pierre cette dernière nuit, aient eu la possibilité d'organiser cette razzia.

Mais ceci restera à jamais une énigme, comme toute cette histoire restera aussi à jamais une énorme erreur judiciaire qui restera longtemps dans les annales. Je plaisante, bien sûr. Le plus important est de ne jamais perdre son sourire. La justice des

---

[3] *Desolation Row*, Bob Dylan.

deux côtés du Jura n'étant pas très réputée pour son sens de l'humour, malheureusement pour nous, il est de notre devoir de monter l'exemple et de rire d'elle.

Qu'importe le coupable, l'état suisse me logea et me nourrit gratuitement deux entières semaines dans une petite prison provinciale du Jura suisse. Mon voisin de cellule, le seul autre hôte dans cette prison familiale où la femme du gardien préparait les repas pour les détenus, était un jeune objecteur de conscience suisse, un séparatiste jurassien qui se battait non-violemment pour l'indépendance de son canton. Il avait, pour cette raison, refusé d'enfiler l'uniforme militaire suisse et avait été condamné à plusieurs mois de prison ferme. Le geôlier, lui, n'était pas un mauvais gars, il était correct et même respectueux avec nous et autorisait mon camarade de couloir à sortir chaque jour de sa cellule pour aller travailler dans le jardin municipal. Je n'avais donc pas de problème à l'accepter et à attendre patiemment le dénouement de cet imbécile épisode.

Au bout de quinze jours, la police vint me chercher pour me faire passer devant le tribunal de Delémont. Le juge raconta mes méfaits, mon avocat raconta mon histoire. Le « détournement de mineure » fut retiré de la liste de mes actes criminels et les autres chefs d'accusation ne semblèrent plus très importants. Il ne resta, au bout du compte, qu'une accusation pour « Trouble de l'Ordre Publique ».

Et ils avaient bien raison !
Nous étions des trublions, et nous en étions fiers !

Les juges me condamnèrent à deux semaines avec sursis et, peine la plus importante pour les « Petits Suisses » bien-pensants : ils m'expulsèrent immédiatement de leur beau et propre pays avec interdiction formelle d'y revenir durant les cinq années à venir.

Fini le Berner Müsli !

Ils m'escortèrent à la frontière aussitôt après le procès et ne me relâchèrent que derrière la barrière suisse d'un petit poste de douane du Jura. Une fois passée cette ligne, je me suis allumé une cigarette pour fêter cette liberté retrouvée et une immense sensation de légèreté me remplit, car même si ce n'avaient été que deux semaines, ces quelques jours à arpenter les cinq fois deux mètres de la cellule, quasiment du matin au soir, ce temps qui se perd et ne veut pas passer, et surtout, cette incertitude, ne pas savoir quand le procès aura lieu et quelle punition les juges trouveront bon me donner. Tout cela vous bouffe intérieurement. C'est bien connu, on ne reconnaît la valeur de la liberté que quand on la perd. Cette expérience, cette profonde leçon, je ne l'oublierai pas de sitôt et j'espère que je ne la renouvellerai jamais. Mais je n'avais pas fini de fumer ma clope qu'une autre idée m'assaillit : la peur que les flics français ne viennent à l'idée de m'incarcérer eux aussi, pour le même délit ou pour un autre que je ne connaissais pas encore et qu'ils pourraient simplement inventer pour me faire chier. Pourquoi pas ? Je les croyais et je les crois toujours capable de tout. Ma confiance en la justice en général et en la police et la justice française en particulier est pratiquement nulle mais j'ai eu de la chance. Les douaniers français ne semblaient pas savoir que je venais juste de sortir de prison et me traitèrent comme un hippie normal qui passerait leur frontière. Ils vidèrent mon sac et me fouillèrent de la tête aux pieds. Je les ai laissé faire et ai attendu patiemment qu'ils me laissent continuer mon petit bonhomme de chemin. Ce qu'ils firent bientôt. Je commençais alors à marcher, j'étais libre, j'étais heureux, je chantais dans ma tête le chant de la liberté retrouvée : « On the road again » !

« L'état policier » et judiciaire, cet appareil flicard répressif, que nous haïssions tant et contre lequel nous avions dépensé tant d'énergie les années passées, avait entre-temps démontré sa force destructrice en nous fichant et nous harcelant presque quotidiennement en Suisse comme en France et nous en avions vraiment marre. Notre intérêt à changer le monde n'était pas encore éteint, mais notre libération personnelle, le dépassement de tous les préjugés et tabous, la découverte de nous-mêmes, de nos possibilités et de nos limites et surtout la simple satisfaction de notre infinie envie de vivre, avaient maintenant priorité.

Et, comme si ces deux semaines de tôle n'avaient pas suffi à me déprimer, pendant mon séjour en prison, alors que je comptais mes pas dans ma cellule, j'appris par la radio, mon seul contact avec le monde extérieur, que Jim Morrison, le chanteur culte des Doors, venait de mourir à Paris. Jim Morrison disparaissait en cet été 1971, pendant que je me morfondais dans une prison suisse. Merde ! Un an plus tôt,

Jimi Hendrix était mort, lui aussi, juste après que je l'ai vu et entendu nous ensorceler au festival de Wight en l'été 1970. Mais qui sera le prochain ? En l'été 1972 ? Moi, peut-être ? Qu'importe !

C'est une folle époque. Moi aussi !
Je suis prêt,
Je n'ai plus rien à perdre,
Plutôt crever que de finir en vieux con !

« This is the end
Beautiful friend
This is the end
My only friend, the end »

Jim Morrison, John Paul
Densmore, Raymond D Manzarek,
Robert A Krieger **The Doors**

Cet accrochage avec la « justice » suisse n'aurait pu être qu'une courte parenthèse, Pierre et moi aurions pu nous retrouver en France après avoir purgé nos courtes peines et repartir aussitôt après pour l'Asie, en évitant les pays où nous n'étions pas les bienvenus, mais « le système » avait encore une carte maîtresse à jouer pour tenter de nous briser les pattes. Car, s'ils me libérèrent assez rapidement, ils gardèrent Pierre en tôle pour six mois, six longs mois de prison, non pas pour les soi-disant méfaits pour lesquels ils nous avaient arrêtés à Berne mais pour son refus total de porter les armes et l'uniforme helvétique, six mois pour objection de conscience, six mois pour insoumission en temps de paix, six mois pour son abjection de la connerie militariste et nationaliste, six mois qui ont brisé notre élan et auraient pu aussi détruire notre rêve.

Les salauds !
Mais notre Rêve sera plus fort que leur connerie !

Il semble que nous ayons gagné notre pari, nous sommes maintenant à deux doigts de notre aventure. Il est temps de quitter Göttingen, et de repasser à Caen pour aller chercher les papiers dont j'ai besoin et le fric que j'ai économisé pour ce voyage et de le changer en dollars et en traveller-chèques avant de faire le grand saut vers l'Asie. Nous traversons donc une nouvelle fois l'Allemagne et la France en auto-stop.

Avril 1972, Caen, France

Nous débarquons à Caen. J'empoche ce dont je pense avoir besoin les prochains mois: mon passeport, mon carnet de vaccinations encore incomplet et que je pense compléter en cours de route, un duvet pour les nuits à la belle étoile, « On the Road » de Kerouac, on ne part pas sans sa bible, « Nexus » d'Henry Miller, un cahier et un stylo pour y transcrire mes folies passagères, quelques fringues de rechange ainsi que quelques bricoles, un couteau, une gourde, un briquet, aussi peu que possible, on verra en cours de route. Le chemin à prendre ? Pas de problème, je connais un peu ma géographie ! il nous faut nous faufiler à travers quelques républiques socialistes pour pouvoir gagner la Grèce puis Istanbul avant de continuer notre chemin vers l'est en laissant de côté l'Union Soviétique qui, de toute façon, ne laisse passer personne et surtout pas des anarchistes chevelus. On ne peut pas se tromper, cela ne devrait pas être trop difficile, on n'a pas besoin de boussole. Nous partons à l'odeur, à l'odeur du shit. A part les quelques infos de freaks qui ont fait la Route avant nous, rien et c'est bien comme ça, nous ne voulons pas faire du tourisme, nous voulons libérer notre esprit et non le saturer de connaissances inutiles. J'ai lu Lao-Tseu, Siddhartha de Hesse, Gandhi et « *Le troisième œil* », Pierre « *Les Clochards célestes* » et les écrits de Rudolf Steiner, le Maître de l'anthroposophie, cela devrait nous suffire. Nous faisons nos adieux aux copains de Caen et repartons en vitesse, nous ne voulons pas risquer d'être arrêtés dans notre élan ou retenus par quelconque niaiserie.

Nous sommes enfin « Sur la Route ».

« I'm on the road again. »

Floyd Jones, Alan Wilson /
Canned Heat

Turn on, Tune in, Drop out !

Timothy Leary

Ouvre-toi, branche-toi, évade-toi !

La Traversée de l'Europe

Nous laissons derrière nous la France de l'ordre rétabli qui veut vite oublier Mai 68, traversons l'Allemagne qui a tué Benno Ohnesorg[4] et bousillé Rudi Dutschke[5], passons l'Autriche qui ne pense pas à faire son « Mea Culpa », après s'être vautrée dans le nazisme, puis traversons la Slovénie, qui fait partie de la République fédérative socialiste de Yougoslavie, le dernier couloir ouvert pour atteindre Istanbul par la route. Nous avons la chance que le maréchal Tito, ce résistant de la dernière Guerre Mondiale, ce héros-dictateur dont je ne sais quoi penser, ait su prendre ses distances d'avec Staline, le tristement célèbre « boucher de Moscou », et garder par cela un peu d'indépendance. Nous pouvons ainsi nous faufiler en dessous du Rideau de Fer et glisser vers la Grèce et la

---

[4] Etudiant allemand tué en juin 1967 par un policier d'une balle dans la tête, lors d'une manifestation contre la visite du Chah d'Iran.

[5] Leader du mouvement étudiant allemand, victime en avril 1968 d'un attentat, suite à une campagne du magnat de la presse Springer.

Mais oublions Marx, Lénine, Staline et Mao Tsé-toung, oublions Hô Chi Minh et Che Guevara, oublions De Gaulle et Pompidou. Ou du moins, essayons d'oublier l'Histoire et la politique et gagnons vite la mer Adriatique.

La Croatie titiste a ouvert ses splendides côtes et ses îles aux touristes étrangers et nous pouvons ainsi jouir des privilèges accordés aux riches bourgeois européens et aux autres capitalistes du monde entier, à tous ceux qui sont censés apporter des devises, et nous en profitons. Même si notre devise personnelle n'est pas la même que celle des touristes européens ou américains et notre porte-monnaie bien plus mince, on nous ouvre la porte et nous laisse ici vivre en paix. Et c'est tout ce que nous demandons.

Qu'on nous foute la paix !
Nous ne voulons plus changer
le Monde ou la Société !

Que nous importe cette société marchande défigurée, cette société de consommation sans âme qui déferle des États Unis et envahit le Monde pour un jour le détruire. Nous l'avons entièrement vomie, elle ne nous intéresse plus du tout, nous ne voulons que la quitter et l'oublier. Nous voulons juste vivre notre vie, explorer nos possibilités et nos rêves, libérer nos têtes et faire la fête.

Certains disent de nous que nous voulons « Regarder Dieu en Face »[6], mais, que nous importent les

---

[6] « Je veux regarder Dieu en Face », Michel Lancelot, Editions Albin Michel, 1972.

dieux, leurs prétendus descendants et leurs fanatiques esclaves. D'autres pensent qu'il faudrait s'en
débarrasser si jamais il existait, ce qui n'est peut-
être pas la plus mauvaise idée, et d'autres encore, qui
semblent malgré tout croire en lui, attendent ou exi-
gent même de lui une excuse pour les atrocités qui
ont été commises sous son prétendu règne et qui
malheureusement perdurent. Certains autres, désil-
lusionés, disent que Dieu est mort à Auschwitz, un
peu comme Daniel K., celui-là même qui m'a accompagné à Göttingen, qui a, un bon jour, crié haut et fort
dans le cœur de l'église Saint Étienne de Caen, pendant une messe dominicale, que son fils avait été cru-
cifié en Bolivie, un blasphème que les bigotes et les
bigots qui assistaient à la messe, ce matin-là, n'ont,
je crois, même pas compris. J'aurais bien aimé voir
leurs bouches ouvertes et leurs regards sidérés mais
je n'étais malheureusement pas de la partie ce jour-
là. La provocation était pour le moins amusante et
nous en avions des centaines du même ordre en ré-
serve qui mijotaient dans nos cerveaux un peu tor-
dus et n'attendaient que le jour-J pour être activées.
Quant à Dieu, il n'est pour moi qu'une aberration,
une inutile et dangereuse chimère dont nous devons
libérer nos esprits et je ne crois pas qu'il puisse avoir
un jour procréé un fils ou une fille. Avec quels
spermes, s'il vous plaît ? J'ai du mal à m'en faire une
image.

Oublions Dieu ! Notre vie nous appartient et nous
voulons en être les maîtres, pas les esclaves. Nous
sommes prêts à tout et décidés à le faire.

Pour le meilleur et pour le pire.
Amen !

Avril 1972, Rijeka, Yougoslavie

Nous nous installons à Rijeka (Croatie), au bord de l'Adriatique et y dressons notre camp zéro, notre camp de base avant de nous attaquer au sommet de notre voyage. Nous laissons rafraîchir nos vaccins à l'hôpital publique de la ville et Pierre se fait soigner les dents par un vieux dentiste, un juif d'origine allemande qui tient un des rares cabinets privés de la ville, sans doute un ancien partisan qui a trouvé refuge dans les montagnes yougoslaves pendant la guerre et y est resté après.

À la Croix Rouge, où nous dormons pour quelques dinars, nous rencontrons deux français en route pour Katmandou, tous les deux accrochés à la morphine ainsi que deux sympas canadiens en balade en Europe. Nous faisons aussi la connaissance de Sami, un jeune indien et de son ami yougoslave chez qui il vit depuis plusieurs mois. Le soir, nous fumons ensemble un ou deux joints sur le port et allons parfois dans un petit bistrot pour y boire quelques verres de vin croate et discuter de nos plans pour l'avenir. Sami, en bon connaisseur des Indes et de la route qui y mène, nous donne quelques conseils et nous implore de laisser les mains, ainsi que le reste de notre corps, bien entendu, de l'héroïne, ce cheval mortel, et de l'aiguille en général, et de résister à toutes les tentations dangereuses qui ne manqueront pas de nous aguicher pendant notre voyage. J'espère que ce dernier warning de Sami m'évitera de faire un jour le mauvais geste et me sauvera la vie. Qui sait ? J'essaierai toutefois de ne pas oublier ses prières.

Il pleut beaucoup à Rijeka au mois d'avril et nous ne pouvons pas rester toute la journée sur la place du maréchal Tito ou sur les terrasses des cafés à boire notre café turc, un café bouilli et non filtré, servi dans une petite casserole en cuivre et accompagné d'un verre d'eau pour rincer le marc qui s'infiltre entre les dents, quand on est trop gourmand. Nous allons donc plusieurs fois passer nos après-midis au sec dans un petit cinéma de quartier, une grande salle avec un grand mur blanc en guise d'écran et de simples chaises en bois comme fauteuils ; le lieu est primitif, mais l'atmosphère y est fantastique. C'est le cinéma originel, comme le péché, le paradis perdu du cinéma, on peut presque tout y faire, fumer, cracher, crier, rire, pleurer, embrasser et je ne sais quoi encore. Les clowneries de Laurel et Hardy font exploser la salle de rires, les jeunes se lèvent pour crier et avertir l'un ou l'autre des héros du danger qui le guette, comme dans un spectacle de guignol dans une école maternelle, une atmosphère qui nous fascine et décontracte. Un autre jour, nous allons voir « Panique à Needle Park », un film mettant en scène la vie quotidienne des junkies, les dealers, les piqûres, le manque, la petite criminalité, la prostitution et le reste, tout le cirque infernal de la drogue avec ses flashs indescriptibles et l'overdose finale. En fait, un film plutôt naïf qui nous laisse sourire. Les deux fous sur le chemin de Katmandou, que nous sommes, ne se laissent pas si facilement impressionnés que ça. Le public croate, lui, est fasciné et souffre avec les protagonistes du film, bien qu'ici à Rijeka, dans cette « république socialiste » aseptisée, ce film est plutôt vu comme une preuve de la décadence du système capitaliste, et principalement de l'Amérique. Ils voient, dans ce qui est pour eux une sorte de film de politique-fiction, les signes non trompeurs de la fin prochaine de ce système inhumain et de la victoire du socialisme. Peut-être même du « socialisme à visage humain » ? Ce serait trop beau pour être vrai, mais c'est un peu comme Dieu, nous n'y croyons pas vraiment.

Mais en quoi croyons-nous ?

Tous ces avertissements, toutes ces histoires de drogues et de drogués qui marquent le commencement de la « Grande Route » qui s'entrouvre lentement devant nous, tous ces signes ne trompent pas. Ça va être chaud, très chaud !

Avril / Mai 1972, Dubrovnik, Yougoslavie

Fin avril, une fois piqué le rappel du vaccin contre le choléra, nous allons fumer un dernier joint provocateur devant la statue de Tito, en face de l'église de Rijeka, et allons prendre le bus pour Dubrovnik. Nous longeons toute la riche et belle côte croate, au bord de la mer adriatique, sans doute la plus belle et plus riche région de la « macédoine yougoslave » et atteignons la vieille ville de Dubrovnik. A l'entrée de la forteresse, on peut y lire : *„Non Bene Pro Toto Libertas Venditur Auro"*, „ La liberté ne se vend pas, même pour tout l'or du monde". Une devise avec laquelle je pourrais moi aussi vivre mais je doute qu'elle ait beaucoup de signification pour les habitants de Dubrovnik. La forteresse et ses remparts ainsi que la Plaça et le port attirent déjà de nombreux riches touristes internationaux. De chics hôtels ont été nouvellement construits pour eux sur la corniche à la sortie est de la ville et j'en profite pour y faire la manche dans mon meilleur anglais, « Please Mister, do you have some money for ... bla-bla-bla », dis-je à chaque étranger que je rencontre en allant ou remontant de la vieille ville. Nous dormons à la belle étoile dans un petit parc public à la sortie de la ville, sur un petit surplomb retiré avec vue sur la mer, bien à l'abri des regards et des badauds. Les flics nous laissent également tranquilles, juste deux ou trois contrôles d'identité en ville en quelques jours mais pas plus qu'en France, le soi-disant pays de la Liberté, plutôt moins même, une agréable et bienvenue surprise.

Nous passons les fêtes du 1er mai en pays « socialiste » et avons le droit à une « Internationale » officielle, jouée par la fanfare municipale en présence de quelques vétérans de la Dernière Guerre, sans doute des résistants communistes. Cet hymne révolutionnaire, cent fois chanté à l'unisson dans les rues de Caen dans les manifs, a ici perdu tout son charme et sa chaleur.

Du passé faisons table rase,
Foule esclave, debout, debout
Le monde va changer de base,
Nous ne sommes rien, soyons tout.

L'Internationale,
*Paroles de **Eugène Pottier** (1871)*

La Slivovitz et le vin croate coulent à flot en ce jour férié et quelques Yougoslaves, ivres et titubants, nous font la course et nous chassent à travers la place de la vieille ville avec l'intention ferme de nous raser le crâne, ils trouvent nos longues chevelures incompatibles avec leur soi-disant idéal socialiste. Ici aussi, la population et surtout sa moitié masculine a un gros problème avec nos cheveux longs, mais nous commençons à en avoir l'habitude. Bien qu'ils soient bien trop bourrés pour nous attraper, nous ne voulons tout de même pas prendre de risque et préférons prendre le large. Nous nous retirons dans le calme de notre parc où personne ne nous cherche.

Les capitalistes de l'Europe de l'ouest ne nous aimaient déjà pas énormément, les socialistes auto-gestionnaires pas beaucoup plus, les fascistes grecs et turcs qui nous attendent sur notre chemin ne seront certainement pas nos amis non plus, qu'importe, il faut y passer. Nos cahiers de vaccins viennent d'être tamponnés, le choléra et la fièvre jaune ne devraient plus pouvoir nous terrasser, nous pouvons maintenant quitter la Yougoslavie et gagner la Grèce.

Le 3 Mai, très tôt le matin, nous montons dans un train rempli de héros de la classe ouvrière allant au boulot qui sont heureusement encore trop fatigués pour s'intéresser à nous. Ce sont peut-être les mêmes que ceux qui voulaient nous scalper hier et qui cuvent leur cuite dans ce train, c'est du moins ce que l'odeur qui règne dans le wagon nous évoque. Nous atteignons la triste Titograd (Monténégro) et prenons un bus pour Kosovska Mitrovica. La « province socialiste autonome du Kosovo », où nous arrivons maintenant, est une enclave musulmane de culture albanaise au cœur de la Yougoslavie. Nous sommes à quelques kilomètres de l'Albanie, une autre enclave au bord de l'Europe qui, par fidélité au stalinisme, s'est jetée dans les bras de Mao Tse Tong et s'est finalement perdue dans le maoïsme. Les routes ne sont pas goudronnées, la pauvreté éclate sous nos yeux et les premiers appels au bakchich chatouillent nos oreilles. Le socialisme orthodoxe et la religion du même nom semblent s'être arrêtés à la frontière de cette république yougoslave à population musulmane abandonnée à elle-même. Mais nous n'avons ni le temps ni l'envie d'approfondir cette question politico-religieuse, nous prenons le prochain train pour Skopje (Macédoine) pour ensuite continuer directement, sans nous arrêter, vers Thessalonique. Le passage de la Yougoslavie, dite « socialiste », à la Grèce des Colonels, du culte personnel de Tito à une dictature militaire, pour ne pas dire fasciste, se fait sans grand état d'âme. Pour nous c'est « bonnet blanc et blanc bonnet », comme le disait le camarade Jacques Duclos.

Mai 1972, Thessalonique, Grèce

Si on croit le bouche-à-oreille des routards, la bonne adresse pour séjourner à Thessalonique est l'Auberge de Jeunesse, alors nous nous y rendons. Nous y prenons place dans une grande chambre à lits superposés à côté d'un japonais qui fait le tour du Monde en monocycle et finance son voyage en vendant les journaux régionaux qui le présentent avec son véhicule sur une photo en première page au-dessus d'un article racontant son périple. Dans l'auberge dort aussi Amédée, un breton sympa, un ancien commando reconverti, qui va au Liban faire du business ou de l'espionnage ou je ne sais quoi mais qui a un tas d'histoires intéressantes à raconter et un indonésien qui vient en Europe pour voir à quoi ressemble la soi-disant civilisation moderne, ainsi que quelques autres voyageurs américains qui sont venus visiter le berceau de l'Europe. Carole, une belle arméno-américaine qui prend comme nous le chemin de l'Asie ainsi qu'un jeune israélien et sa copine y séjournent aussi. L'israélien de Tel Aviv est un objecteur de conscience profondément déprimé par six mois passés au cœur du rude hiver suédois. Il a refusé, et je le comprends pleinement, de faire son service militaire dans Tsahal car il n'avait pas envie de tenir une arme et de se battre contre les Palestiniens et a trouvé, comme beaucoup de déserteurs et d'objecteurs avant lui, l'asile politique dans ce pays nordique social-démocrate. Il suit ainsi la voie des quelques appelés français qui ne voulaient pas se battre en Algérie et s'y sont réfugiés, suivis ensuite par quelques jeunes américains qui refusaient de participer à la guerre du Vietnam. La Suède est un pays politiquement très accueillant mais apparemment humainement plutôt réservé et très froid, surtout pour un méditerranéen. Il y a quand même trouvé une petite amie, une belle suédoise, une blonde aux yeux bleus comme il se doit, qui l'accompagne sur la route de la chaleur et des « paradis artificiels ». Nous leur souhaitons tous « Bon Courage et bon Trip ».

Informés par le même bouche-à-oreille, un système qui fonctionne très bien dans cette auberge de jeunesse et sur la route en général, que les hôpitaux grecs rétribuent copieusement les dons de sang, nous nous rendons nous aussi à l'hôpital de Thessalonique et y vendons un peu de notre précieux jus. Notre situation financière ne nous l'impose pas nécessairement, mais qu'importe. Que ce soit pour la frime, pour la rigolade ou pour marquer par cette offrande aux dieux, auxquels nous ne croyons pas, le début de Notre Aventure, nous nous laissons sucer par les vampires grecs et dépensons aussitôt une partie de l'argent ainsi gagné au resto du coin. Les calamars sont délicieux, le vin grec aussi.

Un demi de vin pour un demi de sang,
je n'perdais pas au change, pardi.[7]

---

[7] Inspiré par Brassens : « Un petit coin de paradis / Contre un coin de parapluie / Je n'perdais pas au change, pardi. »

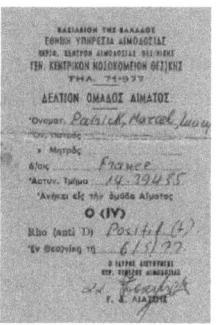

Groupe sanguin O pos.

Haga Sofia

Que l'on soit chrétien, musulman,
nationaliste, athée,
il nous faut d'abord apprendre à
oublier nos différences.

Malcom X

Le Monde Musulman

Nous quittons Thessalonique pour Pythion, le dernier village grec avant la frontière turque et mangeons dans un resto sympa en attendant le prochain train qui nous sortira du monde chrétien. Quelques belles filles grecques, mignonnes prêtresses de l'Oracle de Delphes, nous aguichent gentiment et nous échangeons d'intenses regards.

La dernière journée en Europe passe agréablement.

Nous traversons ensuite la frontière gréco-turque à Uzunköprü où nous buvons notre dernier verre de vin et notre premier thé et prenons ensuite le train pour la bruyante Istanbul.

Mai 1972, Istanbul, Turquie

Selamun aleykum Kostantiniyye, vieille Byzance qui se nomma pendant 1600 ans Constantinople et s'appelle maintenant Istanbul.

45

Aleykum selam!

Nous dormons à l'hôtel Güngor, à côté du célèbre Pudding Shop, le centre inofficiel d'information du *Hippie Trail*, et nous pensons rester à Istanbul pendant quelques jours afin de nous lentement immerger dans ce nouveau monde qui s'entrouvre devant nous.

Les rues sont incroyablement bruyantes, musique orientale à plein tube sortant des petits magasins et des voitures, concerts de klaxons, cris des vendeurs à la sauvette qui essayent de se surpasser les uns les autres, le centre-ville est une ruche d'une effroyable cacophonie. Les cireurs de chaussure, les peseurs de personnes qui se baladent avec leur petite balance personnelle, les vendeurs de cigarettes à l'unité et quelques autres hommes qui offrent d'autres services, essayent tous de se faire quelques lires afin de nourrir leurs familles. Leurs femmes, elles, doivent être à la maison, on en voit très peu dans les rues. Au cœur de ce chaos, le délicieux thé turc, le chai, nous est servi, au milieu de la rue, sur un plateau d'argent que tient un habile gamin qui se faufile entre les passants et nous le propose pour quelques kurus, moins que rien. On le boit en passant et laisse très simplement son verre vide sur quelque rebord de mur.

Nous déambulons dans cette ville grouillante de vie, visitons son Grand Bazar et humons ses odeurs, dégustons ses plats exotiques dans des petits restos populaires et nous laissons envoûter par cette atmosphère excitante comme l'appel du Muezzin à la prière qui retentit et vibre dans toutes les ruelles de la ville au rythme de la journée. Sous le pont Galata, dans une sorte de petit bistrot, nous avons le plaisir de fumer le premier narguilé de notre vie. Quelques turcs, assis autour de nous, tirent méditativement sur leur pipe à eau et savourent l'atmosphère et le calme inhabituel qui règnent ici. Un lieu serein pour oublier le chaos du monde et se reposer. Nous laissons nous aussi l'eau gargouiller dans la pipe et inhalons avec délice ce calme, tandis que devant nos yeux, les bateaux dansent sur le Bosphore. Cette atmosphère excitante et fascinante nous enchante et nous savourons ce moment de paix.

L'Europe est maintenant bien, bien loin.

Pont de Galata

Nous prenons un jour un taxi pour sortir du centre-ville. Le chauffeur conduit comme un fou et on pourrait penser qu'il est bourré ou qu'il a trouvé son permis de conduire dans une pochette-surprise, mais non, c'est ainsi que l'on conduit ici. Mais, bien coincé sur la banquette arrière, nous nous amusons comme des fous et prenons un énorme plaisir à suivre les prouesses du conducteur de taxi qui traverse le chaos automobile du centre d'Istanbul. Il nous laisse, sains et saufs mais à nos risques et périls, au milieu d'un quartier pauvre d'Istanbul, après nous avoir averti que nous devrons rentrer à pied, car nous ne trouverons pas de taxi pour nous ramener en ville, ni de cabine téléphonique pour en appeler un. Ces quartiers délaissés ont plutôt mauvaise réputation mais ils ne sont pas vraiment dangereux. Ce ne sont que les quartiers populaires de la capitale d'un pays plutôt pauvre, dans lesquels s'entassent les habitants qui, hypnotisés par les lumières des grandes villes et l'espoir d'une vie meilleure pour eux et leurs enfants, ont fui leurs campagnes. Je les traverse avec beaucoup de curiosité, mais aussi avec un sentiment de pudeur. En vérité, je ne me sens pas vraiment bien dans ma peau en me baladant dans ces ruelles sales où les habitants, les enfants surtout, me regardent comme si je venais d'une autre planète. En effet, peu de touristes osent s'aventurer aussi profondément dans ces quartiers délaissés et j'ai l'impression de me comporter comme un de ces touristes voyeurs qui savourent ce spectacle felliniesque et dégainent sans respect leurs appareils photos. Nous n'avons pas d'appareil photo, mais ce sentiment me gêne quand même profondément et je convaincs Pierre de rentrer à l'hôtel.

Nous essayons alors de nous réorienter et de prendre le chemin du retour. Tout ce qui se dévoile alors sous nos yeux, nos oreilles et notre nez, tout au long de notre marche, nous prouve que nous avons définitivement quitté le monde européen. Nous re-trouvons quand même, mais non sans mal, notre hô-tel avant la tombée de la nuit.

Nous ne connaissions pratiquement rien du monde musulman, et nous sommes fascinés par ses couleurs, ses sons et ses odeurs. L'alcool a rapide-ment disparu de la route, mais, pour notre bonheur, le shit et le thé sont partout en soldes et la viande de mouton, enfilée sur des brochettes et grillée sur un feu de bois, puis vendue en chiche-kebab ou en ra-goût, a plus de goût que les cochonneries habituelles. La bouffe est ici bonne et bon-marché.

Ensorcelés par les fumées du shit libanais et les appels à la prière des muezzins d'Istanbul, nous commençons à nettoyer notre esprit de touriste et pénétrons lentement dans ce nouvel Univers, dans lequel nous voulons nous noyer, comme un poisson dans l'eau.

Allahu Akbar !
Le Voyage peut commencer !

La plupart des freaks en route pour l'Asie traver-sent la Turquie par la route, car c'est la voie la plus rapide. Comme nous avons le temps, nous décidons de la traverser par la voie maritime. Nous prenons donc un bateau pour Trabzon qui nous baladera sur la mer Noire. Je paye 62 Liras, moins de 5$, pour une place en troisième classe, une couche dans un lit à étage sous le pont du navire, dans une immense salle à l'éclairage diffus, sans un seul hublot et très mal aé-rée, où s'entassent déjà une centaine de personnes.

Extrait de mon Journal :

« À l'odeur de sueur, d'urine et d'épices orientaux, nous préférons l'odeur du diesel et dormons dans nos duvets sur le pont du bateau en dessous des cheminées qui crachent leur venin et puent. Mais, mélangée avec les fumées du shit, l'odeur des vieux diesels devient alors supportable et même agréable. »

Le navire traverse tranquillement la mer Noire. Le thé que nous buvons dans le salon de thé de première classe sur le pont du bateau est délicieux, la mer est calme et belle, nous savourons son immensité et ses couleurs. Nous passons notre première nuit à la belle étoile à côté des cheminées du navire. La voute céleste, ses millions d'étoiles et un dernier joint nous transportent dans nos rêves. Le deuxième jour, notre bateau s'arrête pour plusieurs heures à Samsun où nous pouvons reprendre pied à terre pour nous ravitailler, dégourdir nos membres un peu enrouillés et nous balader dans ce paisible port de la mer Noire. Nous y aspirons l'atmosphère de l'Asie Mineure et regardons les enfants turcs jouer avec leurs voitures en bois, faites main. Un petit bout de bois, quatre clous en guise d'essieux, quatre capsules de bouteilles en guise de roues, et la voilà finie, la voiture de rêve moulée par la force de l'imagination et l'ingéniosité de ses constructeurs. Des qualités que nous retrouverons de multiples fois et sous différentes formes au cours de notre voyage. Les enfants ont l'air heureux avec leur petit jouet.

Après une nouvelle nuit sous les étoiles et les fumées, nous atteignons le port de Trabzon et nous ne nous y attardons pas pour faire du tourisme. Un minibus nous emmène aussitôt jusqu'à Erzurum, une petite ville à 2000 m d'altitude où les arméniens ont été pratiquement exterminés, il y a une cinquantaine d'années. À Erzurum, un autre minibus, semblable au premier, nous attend et nous embarque aussitôt, nous promettant de nous conduire directement jusqu'en Iran.

Nous observons, sur notre route, de nombreux camps militaires et rencontrons plusieurs convois de chars et d'autres véhicules, des camions tirant des canons ou transportant des armes, des tanks ou des soldats. Mais, malgré cet énorme étalement de forces militaires, mis en scène par le régime dictatorial turc, les forces armées ne semblent même pas être capables de contrôler tout le pays, car les routes ne sont pas sures de nuit. D'irréductibles kurdes ou d'autres forces révolutionnaires semblent leur donner beaucoup de fil à retordre. En effet, la nuit commençant à monter, le bus doit interrompre son trajet à Agri, car le conducteur n'ose pas traverser cette zone de nuit.

Nous sommes donc, pour des raisons de sécurité, obligés de passer la nuit dans un hôtel où nous ne nous sentons pas surs du tout. En effet, quelques turcs plutôt chiants qui se sont invités dans notre chambre sans notre autorisation, des indics peut-être, des nationalistes ou des fachos ou un mélange des trois ou tout simplement de simples imbéciles, l'un n'empêchant pas l'autre, bien au contraire, nous montrent des affiches avec des photos de soi-disant terroristes, certaines déjà barrées d'une croix rouge, et nous miment comment on exécute ces gens-là avec un fusil ... Peng...Peng... font ils en riant comme des enfants. À croire qu'ici tuer est un plaisir, ce que je ne doute plus quand je vois leurs yeux brillants et leurs visages débiles. Nous arrivons quand même, avec beaucoup de diplomatie et de sourires idiots, pour ne pas trop les froisser ni leur dévoiler que nous serions plutôt des sympathisants de ces combattants antifascistes, à les virer de notre piaule et nous pouvons enfin nous allonger sur nos lits et passer une sereine nuit. Le lendemain matin, réveillés bien vivants et reposés, nous remontons dans le minibus pour continuer notre route vers la ville frontière de Gürbulak (Turquie). Notre route effleure le Mont Ararat qui se tient, majestueux, derrière la frontière turco-arménienne et nous atteignons enfin la frontière qui sépare la Turquie de l'Iran. Les formalités frontalières turques une fois passées, nous gagnons à pied Bazargan où nous traversons la frontière iranienne.

Du côté iranien, nous retrouvons avec surprise, Carole, la belle et sympathique américaine d'origine arménienne que nous avions rencontrée à Thessalonique. Elle prend le même autobus que nous et se joint volontairement à notre duo et se cale, avec plaisir, entre nous deux. Elle voulait traverser et visiter le pays où ses grands-parents sont nés et d'où ils ont dû fuir, de peur d'être massacrés comme des milliers d'autres, à une époque où la Turquie était la proie de la folie. Ils ont donc quitté leur terre, il y a cinquante ans, pour se réfugier aux États-Unis où ils ont pu se refaire une nouvelle vie. Carole est juste l'heureux fruit de cette saga familiale, un merveilleux fruit du Karma.

Elle nous raconte également ses expériences désagréables avec les mâles turcs qui l'ont fait chier lors de sa traversée de la Turquie. Elle avait essayé de maîtriser seule cette traversée et elle en a maintenant marre d'être continuellement agressée par ces mecs qui la traitent comme une putain et dont elle peut à tout moment craindre qu'ils en viennent aux actes. Elle n'aurait pas été la première à être violée par ces machos musulmans qui pensent qu'une femme, qui montre son visage et ses cheveux publiquement et ose se balader librement dans leurs rues, ne peut être qu'une putain ou moins que ça. Comme elle a peu d'espoir que la situation et les mœurs s'améliorent en Iran, elle espère obtenir, rien que par notre présence masculine, si on peut l'appeler ainsi, un peu de repos, un sentiment de sécurité. Le monde musulman est un monde d'hommes, les femmes ne semblent pas y avoir de droits ni même de place. Pour des étrangers comme nous, il semble qu'elles n'ont pas leur mot à dire et nous n'avons malheureusement pas l'occasion de regarder derrière les façades pour voir si, comme dans beaucoup d'autres pays, ce sont quand même elles qui portent la culotte au creux de leurs familles traditionnelles. Ce sont de toute façon elles qui ont mis au monde ces machos et les ont élevés et en partie éduqués, une chose que je n'arrive pas à comprendre.

Une belle arméno-américaine flanquée de deux échevelés, tous les trois poursuivant le même rêve, se mettent en marche sur le même chemin pour se sauver ou pour s'y perdre.

Dans le bus de Bazargan à Téhéran, nous l'encadrons et faisons, à droite et à gauche, tampon entre elle et les mecs iraniens, elle peut enfin un peu respirer et profiter de son voyage. Elle s'endort rapidement sur mon épaule et j'essaye de ne pas trop bouger, afin de ne pas la réveiller.

Dans le bus, un jeune iranien, qui heureusement ne semble pas s'intéresser beaucoup aux femmes même européennes, analphabète comme la plupart de ses concitoyens qui n'ont jamais eu la chance de visiter une école, mais curieux et intelligent, m'apprend quelques rudiments d'iranien/farsi et m'introduit dans l'esprit de son pays. Il parle l'anglais aussi bien que moi et ses connaissances en français et en allemand ne sont pas négligeables non plus. Je suis vraiment impressionné par son intelligence, malheureusement délaissée, et ce qu'il m'apprend pendant ce long trajet me sera plus tard très utile.

Après trente-six heures de route pour mille kilomètres, avec seulement deux arrêts, nous atteignons enfin Téhéran. Carole, bien reposée, sourit, Pierre et moi aussi. Nous arrivons lentement dans le cœur du sujet.

Mai 1972, Téhéran, Iran

Journal   :
« *Avec des douleurs au dos, au cou, aux bras et au cul, nous allons au Bagdhad Hotel près de l'Amir Kabir. Un*

54

hôtel, beau, calme, reposant, toutes les chambres don-
nant sur une petite cour intérieure avec un jeu d'eau
en son centre, un service super. Un hôtel ... sensation-
nel ... super planant, super free, super freaky. J'y dors
36 heures de suite sans manger ni fumer. Après avoir
récupéré, deux jours de défonces et de balades dans
Téhéran me remettent sur les pieds et bien dans ma
tête. »

Téhéran est une ville en plein changement, les nouvelles avenues sont larges, les bagnoles améri-caines y sont nombreuses, la ville paraît plus mo-derne et moins chaotique qu'Istanbul. Beaucoup de jeunes iraniennes, dans le centre de la ville, s'habil-lent et se maquillent comme des européennes et n'ont pas peur de rire et de fumer dans la rue. Les jeunes iraniens de notre âge, eux, sont très curieux et s'intéressent à notre manière de vivre quoti-dienne en Europe de l'Ouest, la richesse matérielle et les libertés, que nous avons ou qu'ils imaginent que nous possédons, les fascinent. Ils nous questionnent et discutent longuement et amicalement avec nous mais leurs regards nerveux et apeurés tournent ou sautent constamment dans toutes les directions, comme s'ils voulaient s'assurer qu'aucun *indic* ne soit dans les parages et puisse entendre ce qu'ils ra-content. Sous le Shah, le business va bien, le fric cir-cule et ses flics semblent tout contrôler. La vie y est plutôt agréable, mais à part le Grand Bazar, Téhéran ne nous impressionne pas énormément. Téhéran n'a pas ce que nous cherchons et nous ne voulons y res-ter que le temps de reprendre un peu de souffle.

Dans notre hôtel des Mille et Une Nuits, vit aussi un couple de marseillais qui s'y est installé, il y a un certain temps, avec leur bébé ; tous les deux ou peut-être même tous les trois sont accrochés à l'héroïne. La femme, âgée d'une trentaine d'années, fait la manche dans les rues bourgeoises de Téhéran avec son bébé dans les bras et les riches iraniens s'api-toient sur leur sort. Elle est la seule européenne à pouvoir mendier dans les rues de la ville, pratique-ment même la seule mendiante car les iraniens et iraniennes qui aimeraient, par ce moyen, se faire quelques rials sont chassés du centre-ville par la po-lice. Les rentrées financières sont, en conséquence, excellentes. Une européenne bien habillée qui porte un bébé dans ses bras attire moins l'attention des policiers qu'une iranienne en haillons et attendrit plus les bourgeois de Téhéran, semble-t-il. Allez sa-voir pourquoi ? Son mec, un costaud marseillais à la grande gueule, un œil de verre remplaçant son origi-nal, perdu dans une rixe entre dealers ou proxé-nètes, deale ouvertement, fournissant les touristes hippies des hôtels des alentours avec leurs drogues préférées. Le business pour l'un et la manche pour l'autre marchant plutôt bien, ils ont décidé de rester à Téhéran et ne pensent plus à s'aventurer plus loin en Asie. Vivants dans un luxe relatif, du moins sans soucis financiers, ils peuvent continuer à se fixer à très bas prix avec un produit de bonne qualité. Le seul souci qu'ils ont est le renouvellement mensuel de leur visa touristique, ce qui, dans un pays pauvre, n'est pas un véritable problème, tant qu'on a assez d'argent pour payer les bakchichs nécessaires.

Quant au pauvre petit gamin, je ne sais pas s'il est né accroché, ni quelle dose d'héroïne il se prend à chaque fois en suçant le « bon » lait maternel qui coule du sein de sa mère. Cela me choque énormément, bien sûr, mais je suis bien trop occupé par mon propre Voyage et mes petits problèmes pour oser m'immiscer. Je ne dis rien, Carole et les autres non plus. Nous ne sommes, en fait, que des petites merdes sur le chemin de leur plaisir !

Et puis, il y a Claude, un jeune français de Paris, toujours très chic et très clean avec sa tunique blanche, qui me rappelle Mick Jagger sur scène au Hyde Park juste après la mort de Brian Jones, mais sans le charme sensuel du chanteur des Stones. Il prétend contrôler sa consommation de drogue, même celle d'héroïne, sa drogue préférée, qu'il se pique méticuleusement avec son petit équipement professionnel. Tous ses outils, principalement sa cuillère et sa seringue, mais aussi sa ouate et ses produits désinfectants, toute sa petite panoplie d'infirmier, sont ordonnés avec soins et tenus stériles, dans une petite boite métallique chromée, fermée par un gros élastique, qu'il porte dans une belle sacoche en cuir.

Et Roland, de Paris également, qui déguste un peu de tout, les bons joints et les beaux chiloms de shit bien sûr, un peu d'opium de temps en temps, mais ne crache pas non plus sur un petit shoot d'héroïne pour, dit-il avec assurance, se prendre le plus beau de tous les flashs, un shoot qu'il ne se risque à prendre que de temps en temps pour éviter de rester accroché. Je ne sais pas si cela est vraiment faisable mais c'est très séduisant, même si notre ami indien de Rijeka ne serait, sans doute, pas du tout d'accord.

Pour parfaire le tableau, quelques hippies de passage, comme nous, mais avec qui nous n'avons pas autant de contacts personnels se reposent un peu dans la cour avant de continuer leur voyage vers l'Asie, d'autres freaks, quant à eux, sont sur le chemin de retour et nous donnent quelques tuyaux.

Le 17 Mai 1972, Pierre a décidé de prendre le train pour Mashhad avec Roland et quelques freaks de l'hôtel. J'ai préféré rester une nuit de plus à l'Hôtel Bagdhad, pour profiter seul de Carole et nous nous offrons une journée de repos et une petite nuit de plaisir avec un zeste de Kamasutra dans une ville des mille et une nuits, avant de continuer, le lendemain, notre route avec Claude et le reste de la bande. Le train, à notre grande surprise, est super confortable, une des dernières modernisations inspirées par le régime du Shah d'Iran. Le service est de première classe et même plus, un serveur, pour ne pas dire un serviteur, nous apporte des rafraîchissements et nous chouchoute tout le long du voyage. Un peu trop même, car, pour avoir notre paix, nous préférons verrouiller le compartiment que nous occupons. Nous sortons de nos sacs toute la bouffe que nous avons acheté pour le voyage ainsi que les pipes et les chiloms, le shit et les boulettes d'opium et n'ouvrons la portière du compartiment que quand le gars de service frappe à la porte, après avoir sommairement dissimulé nos poisons interdits. Cela ne semble pas l'intéresser, tant mieux pour nous.

« *Les seize heures de train s'enfilent sur l'aiguille du temps sans forcer l'entrée.* »

Les 741 kilomètres qui séparent les deux villes passent, il est vrai, comme un rêve éveillé, une sorte d'ivresse somnolente, mais sans véritable sommeil. L'Opium divin, que Claude a acheté à Téhéran et partage maintenant avec nous, m'entraîne dans un monde onirique que je ne connaissais pas encore. C'est la première fois que je goûte à l'Opium, et je comprends maintenant Baudelaire et les fumeurs d'opium, l'intensité des rêves qui accompagnent cet état second est enivrante, une expérience fascinante.

L'opium agrandit ce qui n'a pas de bornes,
Allonge l'illimité,
Approfondit le temps,
creuse la volupté,
Et de plaisirs noirs et mornes
Remplit l'âme au-delà de sa capacité.
Baudelaire
Le Poison, Les Fleurs du Mal

17 Mai 1972, Mashhad, Iran

Arrivés à Mashhad, la dernière grande ville iranienne avant la frontière afghane, Claude et les autres ne s'attardent pas et continuent directement leur route vers l'Afghanistan. Pierre nous attend à la gare et nous allons ensemble à l'hôtel Maryam. L'hôtel est très bon marché, environ un demi dollar la nuit, mais tellement dégueulasse que nous décidons de changer d'hôtel et prenons une chambre au Kakh

Hôtel qui coûte moins d'un dollar la nuit. La chambre est très propre et offre des douches chaudes, vraiment super. Le Luxe ! Dans la rue, les vendeurs de shit, les yeux injectés de sang, rougis par l'opium ou d'autres drogues et les mendiants estropiés, nous poursuivent de leurs cris ; « Hallo Mister, Haschich Mister ». Des vieux, eux aussi défoncés, semble-t-il, assis ou écrasés sur le trottoir, trouvent le spectacle amusant et rigolent. L'opium est-il ici le seul moyen pour supporter la pauvreté et l'injustice ?

Les journaux iraniens, que nous tendent les petits vendeurs de rue ou qui sont affichés devant des sortes de kiosques, dégoulinent de sang. Les photos en première page du journal donnent envie de vomir : trois corps troués de balles, l'un d'eux a l'œil sorti de son orbite. Ce sont les dernières photos de soi-disant terroristes qui ont été liquidés. Je me demande combien de socialistes, de communistes et d'anarchistes ont été pendus ou fusillés ces derniers jours ? Combien ont été torturés ? En Iran, par la police secrète du Shah, en Turquie par les généraux ottomans ou en Grèce par les colonels fascistes ? Quels morbides pays.

Encore enivré par l'opium et par Carole, je rêve :

« *Matin d'été brûlant, arrêt du temps sur le sable blanc, des anges passent au-dessus de la Mosquée Bleue. Shoot me .... Darling. Je veux le flash de ton amour, la fraîcheur sanguine de ta bouche, emmène-moi dans ton jardin, tes fontaines ruisselantes, tes arbres ombrageux. Laisse-moi pénétrer en ton âme limpide. Laisse-moi m'y baigner, y rêver. Que le miroir de ton âme soit le miroir du mien. Que nos veines se soudent, que nos corps se mélangent, que nos âmes soient unes.* »

Nous restons quelques jours à Mashhad, allons au grand bazar, un de plus, visitons les joailliers et les tailleurs de turquoises qui nous montrent leurs richesses et nous laissons inviter à boire le thé par les marchands de tapis et les autres vendeurs du bazar. Nous nous promenons autour du mausolée de l'Iman Reza et de la mosquée de Gohar Shad avec sa merveilleuse coupole de turquoises.

Comme de parfaits touristes !

Mosquée de Mashhad

*Notre monde civilisé n'est-il pas
une grande mascarade ?*

Arthur Schopenhauer,
Parerga et Paralipomena

Le Choc Afghan

Nous quittons Mashhad en autobus pour Taybad, le dernier village iranien avant la frontière afghane.

Mai 1972, Islam Qala, Afghanistan

Le bus qui doit nous emmener à Herat nous attend sur la place du village et est vite rempli de hippies qui s'aventurent sur le chemin des Indes. Il nous mène d'abord à la ville-frontière afghane d'Islam Qala, une frontière comme nous n'en avons jamais vue une comme ça auparavant, une frontière d'un autre monde.

La Frontière entre la Réalité et le Rêve.

Les douaniers afghans, enfin les quelques mecs mal-rasés à la gueule de pirates, qui aimeraient nous faire croire qu'ils sont de vrais douaniers qui font leur boulot avec sérieux, examinent nos passeports et l'un d'eux, plutôt défoncé, imprime son tampon exotique dans nos précieux documents. Aucun d'eux ne porte un véritable uniforme, leurs tuniques et leurs pantalons bouffants sont plutôt délavés et leurs gilets sans manches, de style 19éme siècle, ont différentes couleurs, bien que le terme de couleurs soit dans ce cas exagéré, le plus coloré des gilets étant marron foncé, les autres gris ou noirs. À part le ciel et le soleil, aucun flash de couleurs ne nous éblouit, les rares baraques douanières sont en terre glaise et la nature environnante est aride et sèche, la verdure quasi inexistante. Nous sommes ici les seuls oiseaux de paradis qui apportent un peu de couleur à ce poste douanier perdu au milieu d'un désert de sable et de pierres. Quelques spectateurs afghans, peut-être des collègues du douanier ou de simples voyageurs, c'est difficile à dire, car ils ont pratique-ment tous les mêmes non-uniformes, le même re-gard et le même sourire, nous observent et semblent même se marrer de nous.

Nous venons d'être téléportés au quatorzième siècle, en l'an 1392 exactement. Le tampon imprimé sur toute une page de mon passeport, qui, en dehors des chiffres arabes de cette date, est illisible mais très décoratif, en fait foi et nous l'acceptons sans émettre un doute, les jours et les semaines qui sui-vront ce passage ne contrediront pas nos premières impressions.

« L'envolée vers l'Afghanistan.
La Folie, grande, belle, sauvage....
Islam Qala, ville frontière.
La fin du monde civilisé
Enfin !!!
Les afghans tournent autour du bus, nous regardant

comme des animaux exotiques au zoo.
Nous, pauvres hippies éberlués,
devons faire de drôles de gueules
derrière les vitres de notre bus.
Les douaniers sans uniforme,
les yeux gonflés, brillants, dopés,
avec la plaque de leur fonction sur un coin de leur
veste ou de leur tunique ...
Des gueules de pirates, de brigands,
de figurants d'Ali Baba et les quarante voleurs.
Et le "banquier", tout aussi crado que les autres,
qui vous propose du shit....
Et puis :
le premier joint devant des douaniers et autres flics...
Fantastique.
Bienvenue au Moyen Age. »

Et je sentis que jamais plus rien
ne sera comme avant !

La « *Cure de Désintoxication Renversée* » peut commencer et quoi de mieux pour cela que de se noyer
dans ce pays anachronique avec un bon « Afghan
Noir ». Il nous faut maintenant libérer notre esprit
de la France flicarde, de l'Europe et de ses capitalistes, de ses fascistes et de ses staliniens, de cette
« Société de Consommation » malade et débridée qui
monte chaque jour en puissance et détruit lentement
mais sûrement tout sur son passage, et surtout, il
nous faut maintenant laver notre cerveau du flic qui
s'est immiscé et enraciné dans notre tête.

Allons-y !

La chaleur dans le bus est intolérable, j'ai une soif du diable et j'essaye, pour la première fois pendant ce voyage, les tablettes de Chlore que Pierre a emmené pour désinfecter l'eau mais le goût en est tellement dégueulasse que je crache aussitôt ce mélange chimique et vide aussitôt ma gourde, polluée au chlore. Nous jetons les tablettes dans le désert. Fini la chimie ! Nous boirons, à l'avenir, l'eau dans son état naturel, à nos risques et périls, même si sa couleur n'est pas toujours appétissante et apaiserons notre soif, bien sûr, chaque fois que cela sera possible, avec le chai, que l'on sert partout dans les rues et les chaikanas afghanes.

Un thé vert ou noir servi dans une tasse et que l'on transvase au fur et à mesure dans la soucoupe pour ensuite l'aspirer à travers un morceau de Candy ou un bonbon servi avec. Un morceau que l'on se cale entre les dents, si on en a encore quelques-unes, ce qui n'est pas toujours le cas pour les afghans qui voyagent avec nous ou entre les lèvres et qui sucre directement le thé en passant. Pourquoi pas ! Je n'ai aucun problème à adopter cette méthode intéressante de boire mon thé.

Ici tout est différent.
Le monde semble à l'envers
et cela me ravit !

Mai 1972, Herat, Afghanistan

Nous atteignons Herat dans l'après-midi et gagnons l'hôtel Bezhad, où nous nous installons pour vingt Afghans, environ un quart de Dollar, par lit et par nuit. L'Afghanistan semble bien bon marché. Robert, Claude et quelques autres freaks de Téhéran sont déjà là depuis quelques jours, la parfaite occasion pour célébrer avec un beau joint nos retrouvailles et notre entrée dans ce fantastique pays.

La ville est d'un calme impressionnant, quelques chevaux-taxis semblent attendre des touristes et font sereinement leur ronde, les commerçants boivent leur chai, tranquillement assis devant leurs échoppes, ils vendent leurs épices, quelques légumes et fruits, du riz et du thé. La viande pend, accrochée, devant l'échoppe, les mouches s'y baladent en masse et avec nonchalance et se régalent avant d'être, de temps en temps, le plus souvent seulement quand un client se montre intéressé par la marchandise saignante, chassées d'un coup d'éventail lascif du vendeur. Le boucher fume tranquillement sa cigarette, assis sur son lit de corde, à côté de son enfant qui dort et paraît être habitué à ce que les mouches lui courent sur ses lèvres, ses paupières, son nez, partout sur son visage. Il ne bronche pas, il dort profondément. Dans une autre baraque, le boulanger cuit son pain devant nous dans son four souterrain et nous le vend directement, chaud, frais et délicieux. Les artisans façonnent, dans leurs mini-ateliers ouverts à tous, tous les objets de la vie quotidienne, les vêtements, les chaussures, les charpoys, ces lits de corde rudimentaires, des casseroles et d'autres quincailleries. Les tasses de porcelaine, brisées ou fissurées sont réparées avec des agrafes. Les vieux pneus renaissent en semelle de chaussure, les boites de conserve reçoivent un manche pour servir de louche. Rien n'est jeté, tout est utilisé.

Et puis, ce Calme, ce fantastique Calme. Pratiquement aucune voiture, pas de bruits de moteur, pas d'odeur de gaz d'échappement, on peut traverser la rue principale les yeux fermés, on peut rêver.

Au bazar, j'achète un couteau afghan pliable, un petit chef d'œuvre artisanal, pour me protéger de je ne sais quoi, ou du moins pour le mettre sous l'oreiller et pour me rassurer quand je dormirai à la belle étoile dans des régions perdues. J'acquiers aussi un superbe chilom en bois de santal, un bois à l'odeur exotique, travaillé à la main, avec comme motif un tigre du Bengale rugissant au milieu de la jungle indienne et une belle pierre trouée en guise de filtre, un objet que tout apprenti sadhu se doit de posséder. Le couteau sera de maigre utilité, au contraire du chilom qui, lui, me servira beaucoup et longtemps. Ces deux objets sont les seuls souvenirs matériels que j'ai ramené de ce Voyage, et je les ai gardés avec moi jusqu'à aujourd'hui au grès de toutes mes errances, comme toutes ces images, ces flashs inoubliables qui se sont à jamais brûlés dans mon cerveau.

J'acquière également la panoplie du petit afghan en vadrouille, un pantalon bouffant resserré aux chevilles, commandé et fait sur mesure dans l'échoppe du tailleur, sur mesure du moins pour la longueur, car la taille, tenue par un lacet, est universelle et passerait aussi bien à un sumo japonais qu'à une boulimique à la taille de guêpe. Pour remplacer ma chemise du surplus américain qui commence à se déglinguer, je me laisse coudre une simple tunique afghane avec deux pratiques poches, de la même légère étoffe bleu-clair que le pantalon. Je n'oublie pas, bien entendu, comment pourrais-je, de m'approvisionner directement chez le producteur du meilleur produit régional, le noble, le divin "afghan noir", le meilleur shit au monde. Il se vend ici par plaque d'environ cent grammes, j'en achète une qui passe exactement dans la poche de ma tunique, qui semble être faite pour ça. Cela devrait suffire pour le début, jusqu'à Kaboul peut-être.

Si bien équipé, il ne me reste plus qu'à ouvrir mon esprit et me laisser pénétrer par la magie, la folie de l'Afghanistan.

Notre chambre est au premier étage et une partie du toit de l'hôtel nous sert de terrasse quand nous passons par la fenêtre. Nous avons une vue fantastique sur les minarets des mosquées et les toits de la ville qui s'étalent devant nous ainsi que sur une cour intérieure où plusieurs jeunes femmes, parées de leurs plus belles robes et de leurs plus précieux bijoux, le visage découvert, apparaissent de temps à autre pour y prendre l'air et se distraire. Nous avons sans doute découvert le harem de quelque riche marchand ou un simple marché d'esclave où les afghans fortunés peuvent s'acheter une femme. Ici, tout me paraît possible, je plane 'a nouveau dans mon conte des mille et une nuits. Malheureusement pour nous pauvres voyeurs, une des femmes du supposé harem découvre notre présence et remarque nos regards curieux et infidèles. Les quelques jeunes femmes, présentes à ce moment dans la cour, se mettent, par leurs cris hystériques, à alerter tout le voisinage. Nous trouvons ça amusant, mais notre plaisir ne dure pas plus de trois minutes, car le propriétaire de l'hôtel, terrifié par notre acte sacrilège, arrive, essoufflé et hors de lui, près de la crise cardiaque, dans notre chambre et, nous crève le tympan de ses cris stridents qui, en anglais, nous prononcent l'interdiction totale et définitive de jamais retourner sur le toit, sous peine de mort, je crois. Nous rions bien sûr, mais le gars nous a convaincu de ne pas y retourner, il n'avait pas du tout l'air de rire, nous avons dû faire une grosse connerie. Ma curiosité et mon imagination ont quand même été satisfaites, mes yeux n'oublieront jamais cette scène exotique digne d'un conte de fées.

Nous passons notre première soirée en Afghanistan dans une chaikana... pas une chaikana mais *La Chaikana*. Nous y pénétrons et nous nous asseyons sur le sol, la lumière diffusée par le feu qui chauffe l'eau pour notre thé et par quelques bougies peine à traverser l'espace enfumé, un nuage de shit à travers lequel on aperçoit à peine son vis-à-vis. Les flammes et les ombres dansent, les couleurs tamisées semblent sortir d'un tableau d'un maître flamand. Nous fermons le cercle.

La magie peut commencer.

Les afghans de la Chaikana semblent *stoned*, comme nous, comme tous ici. Trois d'entre eux, en transe musicale, font exploser leurs instruments dans un rythme hypnotisant. Le *bobol* tourne, le narguilé tourne, les joints tournent, les chiloms aussi, les danseurs afghans tournent comme des derviches, tout tourne, tout tourne. Les tablas nous dictent leur rythme, les instruments à corde enrobent nos visions et nos pensées, notre cœur, nos poumons explosent, saturés de ces fumées défonçantes, nos yeux s'embrument et nos visages sont aux anges, nous sommes transcendés, nous avons dépassé la frontière de la réalité et notre cerveau le sait et nous sourit. La magie de la musique et de la danse, la magie derviche nous traverse, nous les européens et autres occidentaux ainsi que les musiciens et danseurs afghans, nous avons tous le même sourire, le même regard perdu dans l'infini. Nous nous comprenons tous, nous avons vécu le même rêve, je crois.

Tout à coup, nous nous retrouvons dehors, au milieu de la rue, au milieu de la nuit, défoncés comme des dieux, béats, béats de folie, béats de béatitude, la rue est vide, calme, la ville dort, le noir est noir, les étoiles nous sourient, nous sourions de retour, nous nous regardons, nous n'avons pas besoin de parler, nos yeux brillent comme des diamants et reflètent tout ce que nous ressentons, les mots ne pourraient que briser cette magie. Un silence divin.

O jour, lève-toi ! des atomes dansent,

Les âmes, éperdues d'extase, dansent :

A l'oreille, je te dirai où entraîne la danse.

Tous les atomes dans l'air et dans le désert,

Sache-le bien sont tels des insensés.

Chaque atome, heureux ou misérable

Est épris de ce soleil dont rien ne peut être dit.

Djalâl-od-Dîn Rûmî

Pierre et moi y retournons le lendemain soir, bien sûr et y rencontrons un vieil Afghan, un « *Grand Fumeur de Merde devant les Dieux* ». Il nous fait visiter sa piaule, une piaule des mille et une nuits ... aux mille et un bijoux, aux mille et un trésors, aux cent instruments de musique, aux paquets de merde et d'herbe, aux chiloms des Indes, aux narguilés décorés, calligraphiés, aux pipes artisanales faites main, tous ces nobles objets créés pour fêter le fantastique shit afghan, parmi lesquels même le papier à joints de Paris ne doit pas manquer. Il nous montre son Monde Intérieur qui correspond plus au notre qu'à celui de beaucoup de ses compatriotes. Une âme sœur qui est heureuse de partager son bonheur.

Nous sommes heureux, nous aussi et nous allons ensemble dans *La Chaikana* où nous nous laissons à nouveau envoûter et transporter par la musique, les danses et les fumées d'un autre univers dans cette salle de rêve.

La civilisation est bien loin maintenant.

Après quatre inoubliables nuits à Herat, Pierre et moi décidons, malgré tout, de continuer notre route, espérant faire de nouvelles découvertes dans ce pays qui s'est ouvert à nous et nous a déjà conquis, corps et âme. Le bouche-à-oreille rapporte que deux afghans qui ont tué quatre français, pour des histoires de fric ou d'honneur, on ne sait pas exactement pourquoi, ont été pendus il y a quelques jours à Kandahar. Vu qu'il n'est pas impossible que leurs familles aient envie de venger leurs morts et vu que Kandahar ne présente pas d'intérêt particulier, nous décidons de gagner directement Kaboul et de ne pas nous attarder dans cette ville du Sud de l'Afghanistan, peu amicale envers les étrangers. Carole, elle, a, pour le meilleur ou pour le pire, décidé d'accompagner Roland, qui veut gagner Kaboul par la route du Centre. Je leur souhaite de tout cœur bonne chance. Peut-être nous rencontrerons nous à nouveau un jour, à Kaboul ou autre part, sur la route du Paradis ou dc l'Enfer.

Inch'Allah !

Notre bus avale l'asphalte de la route de Kaboul et nous la poussière... vingt-trois heures insensées, crachant de la fumée de shit, mal au ventre, mal au cul, mal à la poitrine, mal partout. Les douleurs sont plus fortes que l'Afghan Noir et nous n'avons malheureusement pas pensé à emmener de l'opium pour calmer nos souffrances. La prochaine fois, il faudra y penser.

Afghane "imprisonnée"

Kaboul, la Défonce

Juin 1972, Kaboul, Afghanistan

Nous logeons à l'hôtel Dilaram, pas loin de la Chicken Street, la célèbre rue de Kaboul où les freaks du monde entier se rencontrent et se défoncent. Pour vingt Afghans par personne (1/4 de dollar environ), nous pouvons déposer nos affaires au pied de nos lits dans une chambre pour quatre personnes. Des lits plutôt primitifs, appelés charpoys, quatre pieds et quatre morceaux de bois qui en forment les côtés et les deux extrémités, le cadre ainsi formé est tressé de cordes qui forment un matelas très rudimentaire sur lequel je dors comme un ange perdu. À part ces lits, rien ! Et cela me suffit ! La chambre donne sur une cour intérieure, un petit jardin plutôt

aride où pratiquement rien ne pousse à part un ché-
tif arbuste autour duquel les hôtes de l'hôtel se rassemblent de temps en temps pour fumer et discuter,
quand le soleil ne tape pas trop dur.

Nous avons atteint Kaboul, la première ville mythique sur le chemin de Katmandou.

Il faut fêter ça !

Le premier jour se perd dans les fumées, le premier joint est roulé et fumé avant d'avoir mis un pied
à terre. Et avant que le premier ait terminé sa ronde,
le deuxième est déjà en train de tourner. Et cela continue toute la journée. Joints, chiloms et pipes se suivent et se ressemblent, de temps en temps assortis
d'un thé ou d'un délicieux kebab. Le divin Afghan
Noir ne nourrit pas véritablement son homme mais
peut lui procurer des désirs extrêmes de nourriture
terrestre que l'on peut ici rapidement satisfaire avec
une brochette de poulet ou de mouton.

Quelle défonce !

Les hôtels de Kaboul sont pleins de freaks en passage sur la Route des Indes et chacun a ses histoires à raconter, des histoires d'Avant ou d'Après, des histoires de défonces et d'aventures, des rêves et des fantasmes à partager.

Le temps passe comme un océan de nuages.

Nous sommes complètement *stoned* du matin au soir mais nous arrivons quand même à sortir chaque jour de l'hôtel. Nous allons nous balader en ville qui, à part le centre un peu plus moderne où quelques hideuses banques et quelques hôtels en béton ont été construits, ressemble plutôt à un grand village moyenâgeux. Il n'y a ici pas beaucoup plus de circulation automobile qu'à Herat, seulement beaucoup plus de bicyclettes et de chariots et aussi beaucoup plus de petites échoppes. Les marchands attendent les clients, accroupis ou assis en tailleur à l'intérieur de leurs mini-magasins, derrière les produits qu'ils désirent vendre, d'autres, dans les petites rues, restent assis ou allongés sur leurs lits de cordes devant la porte de leur échoppe. Les charpoys leur servent le jour de banc ou de sofa et la nuit de lit. Quand nous passons à côté d'eux, au retour du Sigis Hotel ou de quelque autre fumerie, au milieu de la nuit, nous les voyons et entendons ronfler. Je me demande, s'ils n'ont pas d'autre lieu où dormir, pas de famille qui les attend ou s'ils montent simplement la garde chaque nuit devant leur unique richesse pour protéger leur bien, ou s'ils ont une autre raison que mon cerveau européen est incapable de deviner. Je ne sais pas.

Dans les rues fréquentées par les jeunes occidentaux échevelés, des mendiants en haillons, la plupart des enfants, nous poursuivent de leurs cris, de leurs « Bakchich Mister, Bakchich Mister » « One Million Dollar Please » ... Certains ont un ou plusieurs membres amputés par je ne sais quel accident ou maladie ; l'un d'eux, sans jambes, est assis dans une boite en bois à quatre roues, il se propulse avec ses mains en s'appuyant sur le sol et nous poursuit pendant une centaine de mètres, nous suppliant de lui donner quelques sous. La « Cour des Miracles » sans espoir de miracle. La plupart des freaks disent qu'il ne faut rien leur donner, sinon on ne peut plus s'en débarrasser, mais comment supporter cette misère sans parfois leur donner ou jeter quelques pièces de monnaie

Cette pauvreté extrême me révolte et laisse remonter à la surface embrumée de mon esprit des vieilles idées révolutionnaires qui auraient ici peut-être leur raison. Qui sait ? Mais peut-on vraiment attendre autre chose d'un pays féodal dirigé par un roi qui vit dans sa tour d'ivoire et d'une religion qui esclave ses moutons ?

Beaucoup de questions sans réponses, mais je ne suis pas venu ici pour les résoudre, ni même essayer à les comprendre.

Je vais un jour à la poste envoyer mes lettres pour la France. Je crois qu'il est temps que mes parents apprennent où je me tiens en ce moment, car ils ne savent même pas que je suis parti pour l'Asie. Ils sont encore jeunes, ont deux enfants de moins de dix ans à s'occuper et ont le cœur bien accroché, ils ne devraient pas faire de crise cardiaque en lisant ces nou-

velles, surtout que ce n'est pas sûr du tout qu'ils reçoivent ma lettre, car on se raconte ici que les
timbres sont décollés des lettres et volés par les employés pour les revendre et que ces lettres sont ensuite jetées à la poubelle. Je veux quand même tenter
ma chance, espérant que ces missives les atteindront
un jour. Je réessayerai, de toute façon, dans quelques
semaines quand je serai au Pakistan. Je n'ai pas
grand-chose à perdre et j'aurai, comme ça, au moins
montré mon bon vouloir et apaisé ma mauvaise
conscience, ce qui est le principal. Nous longeons les
quais de la rivière Kaboul pour atteindre la poste
centrale. Un fleuve qui, au vu de la hauteur des murs
qui le bordent, devrait être un fleuve rugissant ou un
torrent de boues quand les neiges fondent dans les
montagnes de l'Hindou Kouch. Il est maintenant pratiquement à sec. Des nomades y ont monté leurs
tentes et installé leur campement dans son lit assé-
ché. Des femmes, sans burqa, le visage libre, lavent
leur linge dans les eaux de ce qui reste du fleuve, un
ruisseau qui traverse lentement la ville, les enfants
jouent ou laissent monter leurs cerfs-volants dans ce
parc temporaire. Tout semble paisible.

À la Poste Restante, une lettre de Josette, une
amie commune à Pierre et moi, qui a vécu un certain
temps avec nous dans cette baraque occupée à Évi-
lard et qui est ensuite partie vivre dans un alpage
suisse avec David, un anthroposophe un peu fou,
nous attend. Cette lettre me remplit de soleil.

Sur le chemin du retour, un souriant afghan nous
accoste et nous prise le soi-disant meilleur shit de la
ville. Il nous invite à venir avec lui pour y goûter et

en fumer une bonne pipe et nous le suivons jusqu'à une sorte d'entrepôt en bois. Il monte quelques marches et avance jusqu'au milieu d'une salle, où quelques vieux afghans semblent travailler, et lève une trappe, dissimulée dans le plancher. Un escalier en bois apparaît qui mène dans une cave sombre et enfumée. Nous descendons avec lui les quelques marches. L'histoire des Français de Kandahar qui a mal tourné, effleure mon esprit, mais l'excitation et la curiosité sont beaucoup plus fortes et les yeux brillants de nos complices fumeurs ne peuvent pas mentir, nous sommes en territoire ami. Je me sens tout d'un coup comme le héros de Hergé dans le « Lotus Bleu » qui s'aventure dans une fumerie d'opium. Je suis Tintin, un aventurier, je suis tout d'un coup dans un rêve de mon enfance. Au milieu de cette fumerie clandestine cachée dans le sous-sol se dresse une immense pipe à eau autour de laquelle une dizaine d'afghans forment un cercle et attendent sagement leur tour pour tirer à la longue tige du narguilé géant, avant de tousser et de cracher, comme il se doit. La trappe et la réalité se referment derrière nous, il n'y a pas de sortie de secours et nous n'en cherchons aucune, nous sommes confiants, nous sourions. Mon tour arrive et je tire sur la pipe et laisse, moi aussi, exploser mes poumons, mes yeux et ce que je crois être mon cerveau, un cerveau subitement métamorphosé par la puissance de la pipe. Les afghans sourient, me sourient, nous sourient et s'amusent. On ne peut pas dire qu'ils se moquent de moi, non, ils sont *stoned* comme nous tous ici et nous montrent le respect dû aux fous de la planète shit. Le temps, à nouveau, disparaît. Après être sorti de cette fumerie sans savoir ni quand, ni comment, ni où nous sommes, éblouis par la lumière, complètement défoncés, nous retournons, plutôt désorientés, vers notre hôtel. Tout le long du chemin, nous sourions. Nous sourions, donc nous sommes ! Mais, sommes-nous plus vivants qu'avant ? Un peu, peut-être, mais surtout nous avons été sacrés, réincarnés en dignes membres du « Club des Haschischins »[8]. Les poètes maudits seraient fiers de nous.

Mon corps est déjà un peu éreinté par le climat et l'altitude, auxquels je ne suis pas habitué. Les bacté-ries inconnues que j'ingurgite chaque jour en buvant et mangeant dans les simples chaikanas les boissons

---

[8] Le Club des Haschischins, Théophile Gautier, Romans et Contes, 1897. Delacroix, Baudelaire, Nerval, Victor Hugo y appartenaient.

et les mets les plus ordinaires, servis dans des tasses, verres ou assiettes qui ont connu de meilleurs jours et ne sont pas spécialement préparés pour nos estomacs et intestins européens, me donne du fil à retordre. Il y a heureusement à Kaboul, sur la Chicken Street, tout ce qu'il faut pour se refaire une petite santé, ou du moins reprendre un peu de poids et regagner un peu d'énergie.

On trouve en effet d'un peu tout ici, du papier cul comme du papier à cigarettes, le bon Rizla+ dont nous avons besoin pour rouler nos joints, des Gauloises et des Camel, mais aussi des trucs fantastiques comme les Milk-shakes ou les Ice-creams qui nous rafraichissent un peu ainsi que des fruits délicieux qu'il me semble ne plus avoir mangé depuis des éternités. On peut aussi, malheureusement, tout y perdre ou s'y perdre. Les très nombreux Junkies qui tournent autour de nous et nous vantent leur drogue devraient aussi le savoir, mais ils ne veulent pas ou ne peuvent plus. Leur cerveau est bien trop occupé par leur pensée unique : « Où se piquer le prochain shoot ? ».

De voir chaque jour tous ces junkies se bousiller, se suicider lentement, me révolte. Cela devient de plus en plus insupportable.

Claude de Téhéran, qui dort dans la même pièce que nous, se fixe maintenant quatre à cinq fois par jour et l'intensité des doses n'a surement pas diminué. Il arrive, au moins encore, à pratiquer son œuvre de destruction avec style et hygiène, mais, combien de temps tiendra-t-il encore. Il y a 15 jours, à Téhéran, nous discutions avec ferveur de la vie et du monde, nous nous engueulions et nous riions ensemble avec énormément de plaisir, nous étions sur la même longueur d'ondes. Aujourd'hui, plus d'échange, plus rien. « *Il me rend triste à crever, ce con* ».

Estelle, une jeune fugueuse de 16 ans, qui me rappelle la jeune fugueuse parisienne que j'avais rencontré dans un grand festival de musique, en assez mauvais état, et que j'avais ramené avec moi en stop à Caen ; on lui avait alors offert l'asile dans le petit appart d'Hérouville que Jean Michel avait loué. Elle s'est lavée, reposée et est repartie, quelques semaines plus tard, je ne sais plus où. Estelle, quant à elle, fixe tous les jours avec les autres junkies de l'hôtel, elle crâne d'être différente de ses compagnons de piqure et se vante, comme beaucoup d'autres junkies, de pouvoir arrêter quand elle le voudra. La pauvre rêveuse ! Nous savons tous très bien, même moi, dans mon état actuel de défonce complète, que « *c'est faux, c'est fini, elle en crèvera. Y'a rien à foutre ...... que de se révolter !* ». Elle est si jeune, Merde ! Qu'ont fait ses parents, sa famille, ses profs, et les autres ?

C'est-pas normal, ça !

Ce sang qui coule, ces corps détruits, ces esprits perdus, ces tremblements qui n'arrêtent plus. Tout cela me rend fou, il faut que je lâche du lest, je confie quatre pages de cris et de pleurs à mon journal de voyage.

Un petit extrait :

« *Kaboul,*
petits gâteaux, bananes et fraises,
Kaboul la bouffe
Kaboul la dégustante ...
Kaboul de la bonne Gauloise et de l'ice-cream.
Kaboul qui vous bouffe, vous avale.
Kaboul la défonce,
défonce-musique à l'Hôtel. Sigis
Musique-fric, morphine-junkies

Accrochés en manque.
Dégueulants, tremblants,
Froid Intérieur.
Froidure du chaud qui manque.
Chaud de l'aiguille dans la chair.
Dans le bras, la main, le pied.
Là où il y a encore de la place.
Là où cela ne craque pas.
Et après, après.
La cheville, la langue, la paupière ?
Esprit-Junky.
Arnaque, pour un shoot.
Piquouze débile, agaçante.
Qui vous poursuit dans vos rêves.
Vous cloue au mur.
Vous écrase au plafond,
Mouche asphyxiée, crevée, collée, accrochée.

Pitié.
Arrêtez le Massacre.
Mais que faire ?

Qui stoppera l'assassinat-suicide collectif d'une génération ... perdue ? »

Kaboul, avec tous ses Junkies, tous ses mendiants attirés par les *touristes* et tous ses commerces légaux ou illégaux commence à faire chier et nous décidons, avec quelques courageux qui attendent un peu plus de ce Voyage que de rester allongé sur son charpoy et de se piquer les veines, jusqu'à ce qu'elles craquent, de partir pour Bâmiyân.

Quittons ce Charnier !
Les Grands Bouddhas nous appellent !

De bon matin, nous gagnons la « gare routière » de Kaboul, une grande place chaotique remplie de bus bariolés, d'Afghans en transits avec leurs énormes baluchons et leurs animaux de basse-cour, de commerçants qui vont revendre dans les campagnes ce qu'ils ont acheté au Bazar de Kaboul, de paysans qui retournent dans leur village après avoir vendu les produits de leurs champs et de quelques femmes en burqa qui se cachent rapidement à l'intérieur des cars. Un tableau exotique.

Nous trouvons, sans grand problème, le bon autobus qui part pour Bâmiyân, le chauffeur nous autorise même, comme cela est normal ici, à nous installer sur le toit. Mais avant de monter, Pierre doit d'abord marchander avec un Afghan qui le poursuit depuis que nous sommes apparus sur cette place ou plutôt qui poursuit le gros nounours en peluche que Pierre promène, accroché à son sac à dos, et qui se balance allègrement depuis notre départ d'Europe. C'est, sans doute, le premier nounours suisse de toute l'histoire afghane qui ose se balader librement dans les rues de Kaboul. L'Afghan en est fou et veut l'acquérir à tout prix, mais Pierre ne se laisse pas attendrir par tous les billets afghans que le jeune commerçant agite sous son nez. Ce n'est que quand l'Afghan lui présente une belle plaque de bon « Afghan Noir », deux-cent grammes ou plus et de la meilleure qualité, que Pierre, les yeux brillants, se décide à faire le deal et le jeune Afghan, âgé peut être d'une trentaine d'années, part avec son beau nounours brun, heureux comme un enfant le jour de Noël. Nous sommes heureux, nous aussi, nous rions comme des fous et nous réjouissons de ce deal onirique, de cet unique et historique échange culturel qui ne sera nulle part notifié mais n'en restera pas moins une belle histoire.

Bus pour Bâmiyân

Nous sommes ce que nous pensons.
Tout ce que nous sommes
résulte de nos pensées.
Avec nos pensées,
nous bâtissons notre monde.

Bouddha

Bâmiyân, la Divine

Nous grimpons enfin sur le toit du bus qui est déjà couvert de sacs, de paquets et de cartons qui y ont été entassés, et calés entre les garde-fous. Nous nous installons confortablement sur ce lit de baluchons, en compagnie de paysans afghans qui retournent dans leurs villages avec quelques animaux de basse-cour et qui partagent avec nous ces places de loge. À l'intérieur du bus, les Afghans et quelques Afghanes, (correctement séparés les uns des autres, cela va de soi) sont enfermés derrière des vitres encrassées par la poussière et la boue des routes afghanes, dans la chaleur et ses odeurs accompagnatrices. Allongés sur le toit comme des Pachas sur leur Tapis Volant, nous laissons défiler la route vertigineuse et eni-vrante qui nous mène à Bâmiyân et nous testons le shit que Pierre vient d'échanger contre son meilleur ami d'enfance en peluche. Ce shit a vraiment un goût de folie.

Journal :

« Le soleil brûle nos corps, l'air de la montagne, clair, pur, léger les rafraîchit. Autour de nous, montagnes, ciel, neige, rivières et champs défilent lentement. Le moteur est poussé jusqu'à ses limites. Des montées poussives, des descentes vertigineuses au bord de l'abîme, des virages marqués par de multiples lambeaux de tissu accrochés à de longues branches, en l'honneur de ceux qui l'ont raté et y ont laissé leur vie. On peut encore voir le camion ou ce qu'il en reste, tout en bas dans le ravin. Une vie qui ne semble pas coûter bien cher ici, une vie offerte par Allah, une vie qu'il peut reprendre quand il le désire. »

Inch'Allah !

Nous fumons et rêvons, la route défile et, tout d'un coup, un orage éclate, un énorme déchaînement de sons et de lumières, des trombes d'eau s'abattent, la route est emportée, les ponts détruits. Le bus ne se laisse pas impressionner, il poursuit sa voie tracée. Nous restons, nous aussi, la plupart du temps passibles, assis sur le toit du bus et savourons, de ce promontoire, le spectacle offert. Nous devons tout de même, par sécurité, parfois descendre du toit pour traverser à pied les rivières qui ont quitté leur lit, avant que le bus, lui aussi, tente sa chance et essaye de les passer sans s'embourber ou être emporté ou retourné par les flots.

Journal :

« Les pneus dans la boue, le moteur à fond, à l'ar-rachée, il se penche, semble vouloir basculer, reprend de justesse son équilibre, remonte la butte et passe dans un dernier cri de moteur-pneus.

Ouf ! Mon cœur saute, se remet ... angoisse du vide, de l'abîme grouillant de boue. »

Quelles sensations ! Nous rions !

Quelques lacets plus loin, dans un champ, une femme, un bébé sur le dos. L'eau écumante a brisé le petit muret qui protégeait ses cultures et servait aussi à les irriguer. Le rythme de son bras et de sa main qui prend une pierre et la pose devant elle, essayant de consolider, de colmater, d'endiguer les eaux, capte mon regard et me fascine. L'enfant semble paisiblement dormir, balancé par les mouvements cadencés de sa mère, de son corps qui s'abaisse et se lève pour ramasser les pierres. Une main, une main de femme afghane, une main forte et déterminée. Une femme qui porte tous les fardeaux de la vie, sans se plaindre, sans se révolter.

Quelle force !

Le bus continue sa route, avale les lacets et les cols mais malgré sa fougue impressionnante, sa folie courageuse, son conducteur doit finalement jeter l'éponge et admettre que la nature est plus forte et annoncer aux voyageurs la fin de son voyage. Il a perdu tout espoir de pouvoir traverser le dernier torrent sans se faire emporter par la force de ses eaux fougueuses et ainsi perdre son compagnon de vie. Mais cela ne semble inquiéter personne outre mesure et je sens que ce n'est pas la première fois que cela leur arrive et qu'ils savent ce qu'ils font. Nous prenons nos légers bagages et traversons alors ce dernier obstacle à pied en faisant attention de ne pas être emportés par les flots. Arrivés de l'autre côté du torrent, nous attendons patiemment le véhicule qui doit venir de Bâmiyân pour nous prendre en charge. Nous attendons et fumons un joint ou deux avant qu'une jeep arrive et que nous puissions monter dans cet « *étalon des sentiers sauvages, rapide et fier, qui défie toute pierre, toute embûche préparée sur le chemin. Rien ne peut arrêter son impétuosité, sa fougue sauvage.* »

Juin 1972, Bâmiyân, Afghanistan

Et le 1er Juin, après avoir dévoré les deux cent trente kilomètres de route, de sentiers sinueux et dangereux, et savouré la beauté sauvage et dangereuse de la nature dans ces vallées de l'Hindou Kouch pendant quinze heures de trajet, quinze heures de sensations inoubliables, l'esprit déjà en état de pure implosion, nous atteignons la verdoyante vallée de Bâmiyân.

Le Grand Bouddha se tient là, dans une immense niche, directement devant nous, majestueux, divin, Le Maître de la Vallée ....

OOOOOOOOOMMMMMMMMM

La nuit tombe rapidement, nous sommes fatigués. Nous passons notre première nuit sur le sol couvert de tapis afghans dans l'arrière partie rehaussée de la chaikana du village. Un sommeil lourd et réparateur sous les sons des sitars et tablas après un bon repas et un dernier joint, « *une dernière pipe ... colorée ... calligraphique ... elliptique* », épileptique peut être.

Le lendemain matin, après une tasse de thé et un bout de pain, nous allons nous assurer que nous n'avons pas rêvé et allons saluer avec respect et un bon chilom le Grand Bouddha. Le Grand Bouddha a la face détruite, son front, ses yeux et son nez semblent avoir été découpés, il ne lui reste pour visage que la bouche et le menton, encadrés par deux grandes oreilles au lobe brisé. Il n'a plus de mains, non plus, et ses jambes sont endommagées, l'une complètement, l'autre seulement en dessous du genou. Son corps est drapé dans un large tissu, une sorte de toge qui pourrait aussi bien avoir appartenu à des dieux ou des déesses grecques ou romaines. Mais sa dimension et celle de la niche, dans laquelle il se tient debout et qui a été creusée directement dans la falaise, sont impressionnantes. Un Bouddha de plus de cinquante mètres, sculpté par des milliers de mains de moines bouddhistes directement dans la falaise il y a plus de mille ans.

Son absence de regard le rend encore plus mystique. Il se tient là, comme un Dieu omnipuissant, un Dieu universel, un Dieu qui n'a pas besoin de voir ou de sentir, un Dieu qui a choisi cette splendide vallée pour s'y révéler et protéger les habitants qui y vivent au rythme de la nature, loin de la folie du monde, loin du capharnaüm humain. Un dieu qui se rit des envahisseurs musulmans qui ont détruit son visage et lui ont offert par cet acte brutal sa magnificence.

Nous marchons ainsi le long de la falaise, au-dessous des centaines de trous noirs parsemés sur l'immense mur de calcaire. Le chemin mène au deuxième Bouddha, creusé et sculpté à même la falaise lui aussi. Sa face et ses mains sont également détruites, seuls ses jambes sont en un meilleur état mais il ne transporte pas la même énergie que le Grand Bouddha. Les trous noirs, les grottes autour du Petit Bouddha (qui fait quand même plus de trente mètres de hauteur) sont, elles, plus faciles d'accès et nous en visitons quelques-unes, qui se métamorphosent parfois en salles de cérémonies, en salles mystiques de consécration. Dans l'une d'elles, au fond d'une chambre, un Bouddha, position-Lotus, des chandelles éclaboussent l'espace .... « *Calice d'encens répandant son parfum, gong millénaire résonnant dans la grotte* ».

Siddhârta nous regarde.

Les fresques d'inspiration bouddhiste qui décorent les murs sont incroyablement fantastiques. Il n'y a pas de doute, ces grottes sont bien consacrées à Bouddha, « *Dieu des eaux et des cultures, Dieu du ciel et des tempêtes, Bouddha universel, statue d'offrandes, remerciement pour les "Larmes de Bouddha", l'eau divine qui a offert la vie à cette vallée* ». Des bouddhas peints décorent les grottes, des peintures souvent noircies par les feux de bois mais pour la plupart reconnaissables. Nous sommes dans un paradis bouddhiste. Les moines qui ont habité ces grottes, taillées dans la falaise calcaire, ont ainsi montré leur ferveur, leur folie religieuse. Des milliers de bouddhas en méditation …………

La Folie !

L'air est léger, les jours sont très chauds et les soirées fraîches et agréables à 2500 m d'altitude. La vallée de Bâmiyân est une sorte de grand bassin bordé au nord par les hautes falaises rocheuses où sont creusées les grottes dans lesquelles vivaient les moines ainsi que les deux grandes niches dans lesquelles les deux Bouddhas se dressent majestueusement, au pied des montagnes de l'Hindou Kouch et, de l'autre côté, à l'horizon, au sud, la chaîne du Koh-e Baba avec ses cimes éternellement enneigées.

Les jours passent et nous faisons de nombreuses balades. Nous grimpons les falaises, visitons les grottes essaimées entre le grand Bouddha et le petit, quand celles-ci ne sont pas habitées, regardons les paysans travailler dans les champs, sourions aux enfants qui se promènent ou jouent, partageons le rythme de vie de la vallée, les levées de soleil, la chaleur du jour, l'agréable fraîcheur des soirées, la nuit montante, la vie qui s'endort, la lune et les étoiles qui nous ensorcellent et le calme profond de la nuit.

Nous ne nous lassons pas de nous promener sur le chemin qui borde la falaise des bouddhas, chemin que des milliers de fidèles et de moines bouddhistes ont dû arpenter des millions de fois avant nous pour regagner leurs grottes taillées dans le calcaire après avoir sculpté leur idole dans la falaise ou peint toutes ces fresques d'un autre univers. Nous y faisons chaque jour des découvertes et des rencontres et y rêvons d'un monde meilleur. Ici, pas un seul mendiant, les paysans travaillent dans les champs, les enfants jouent avec ce que la nature leur offre et ce que les ingénieux artisans leur construisent. Je suis persuadé que les statues de Bouddha, tels de vrais bouddhas, ont toujours eu et ont encore une influence apaisante et créatrice. Un jour, me promenant et rêvant, attiré par des sons mélodieux, je découvre un jeune enfant afghan qui, au pied des bouddhas, souffle dans sa flûte de terre et encense, par sa musique, la légère atmosphère de cette vallée divine. Je m'arrête et l'écoute, il me sourit et me montre son petit instrument de musique qu'il semble avoir façonné lui-même. Un petit cône de glaise avec quelques orifices bien placés pour y souffler et jouer. Devant mon regard incrédule et questionnant, il me montre, au bord du chemin, la terre glaiseuse avec laquelle il a façonné son instrument musical.

Je ne suis que sourire et légèreté.
Je suis à nouveau béat.

Partant des falaises et de la chaikana où nous vivons jour et nuit, où nous dormons, mangeons, buvons, nous reposons, où j'écris et dessine et où les quelques freaks qui vivent ici se rassemblent, se rencontrent, discutent et fument, nous marchons, un jour, vers le sud, en direction du Koh-e Baba, traversons la vallée et atteignons un petit plateau où le gouvernement afghan a construit une piste d'atterrissage, une caserne militaire et un hôtel pour touristes à fric. Arrivés sur ce plateau, un colonel afghan vient à notre rencontre, par hasard ou non, je ne sais pas, mais avec son uniforme propre et repassé, son pistolet en bandoulière, ses lunettes de soleil fumées, sa casquette fantaisie et ses médailles de pacotille, il ressemble, comme deux gouttes d'eau à ses confrères de Grèce et d'Amérique Latine. Comme nous pouvions nous y attendre, il se montre peu aimable et nous pose quelques idiotes questions auxquelles nous essayons de répondre sans éclater de rire, car nous sommes comme toujours un peu défoncés et il ressemble plutôt à une marionnette de théâtre, à un drôle de guignol qui dénote complètement dans ce paysage sauvage. Mais je perds rapidement mon envie de rire et ne me sens plus du tout en sécurité en sa présence. L'atmosphère est pourrie et notre bonne humeur détruite, nous n'avons plus envie de nous attarder plus longtemps et retournons rapidement dans notre village au pied des falaises pour y retrouver nos sereins paysans et boire un thé dans l'agréable chaikana qui nous héberge. La sphère d'influence du Grand Bouddha semble bien limitée et ne fonctionner que pour ceux qui acceptent de se laisser envoûter.

Le lendemain, pour nous dédommager de cette mésaventure, nous avons l'immense chance de vivre l'apothéose, dans le sens divin du terme, de notre séjour dans la vallée. Le ciel est d'un bleu magnifique, le soleil nous chauffe, l'air nous caresse, nous grimpons la falaise à la droite du Grand Bouddha et rencontrons en chemin un vieil afghan vouté qui nous ouvre, pour quelques afghans, la Porte du Paradis. Cet afghan, très probablement le gardien du sanctuaire, possède la clef du cadenas qui ferme la chaîne du portail qui empêche le commun des mortels de pénétrer à l'intérieur de la falaise. Il nous ouvre cette porte et nous mène dans des couloirs sombres, des tunnels au bas plafond, des escaliers usés et polis par les pieds nus des moines, des couloirs éclairés de temps en temps par des ouvertures dans la falaise, ces trous noirs, des fenêtres créées par ces fous constructeurs, qui nous laissent entrevoir cette fantastique vallée qui s'étend en dessous de nous. Nous marchons la tête baissée, les moines de l'époque devaient être bien plus petits que nous, et atteignons, essoufflés, la "fin du tunnel", la Tête de Bouddha. Oui nous sommes là, sur sa Tête. Des larmes de joie, un sourire intérieur, un sentiment indescriptible me pénètrent et me remplissent.

Sous nos pieds, la pierre sculptée, devant nous, en dessous de nous, toute la vallée de Bâmiyân, les maisons de terre des villageois, insignifiantes, les fourmis qui travaillent dans les champs, quelques fumées provenant de feux que les femmes afghanes entretiennent pour chauffer l'eau du thé et préparer les repas familiaux en attente de leurs enfants et de leurs maris qui reviendront bientôt des champs. Au fond, à l'horizon, la chaîne montagneuse du Koh-e Baba et ses sommets blanchis par la neige éternelle et, comme si cela ne suffisait pas, au-dessus de nos têtes, à droite et à gauche, sur les parois de la niche, des fresques fantastiques, des peintures incroyables, d'innombrables bouddhas « *aux milles positions de méditation* ». J'aspire cette atmosphère de rêve en un OOOOOOOOMMMMMMMM inoubliable. Et, pour parachever ce moment unique, Pierre prépare un chilom divin que nous fumons sur cette Tête qui nous a ensorcelés.

Le Monde peut s'écrouler, la Terre peut s'arrêter de tourner, que m'importe les cycles de la vie et de la mort, ce moment est là et je sais que je l'emporterais au plus profond de moi jusqu'à mon éternité. Mais en ce moment-là, je n'y pense pas vraiment, je ne pense pas, je le sens dans chaque fibre de mon corps comme un courant électrique qui traverse et atteint le cerveau et le laisse imploser. Un Flash ! Le Grand Flash !

Il y a trois mois, avant notre départ, et même, il y a dix ou quinze jours, en arrivant à Kaboul, je ne connaissais même pas l'existence de ces Bouddhas et maintenant, je suis assis *sur la Tête de Bouddha* et je sais enfin pourquoi j'ai pris ce chemin. Pour ce Flash Galactique, ce moment microscopique, intemporel et inoubliable.

Nous redescendons lentement vers le village, la nuit tombe, des points de lumière parsèment la vallée : les feux des habitations. Du toit du monde, la lune se lève et éclaire la falaise des Bouddhas et des milliers d'étoiles la suivent. Il est temps de rentrer boire un thé et de se reposer et de se préparer « *pour le prochain jour de beauté-soleil-illumination* », après avoir confié à mon journal mes impressions :

« Un joint mystique
sous les fresques de Bouddha méditant.
Et nous sommes dans sa tête ...
Rois de la Vallée,
Enfants de Siddhârta,
Clochards Célestes,
entre le Zéro et l'Infini. »

Les soirées dans la chaikana sont agréables et reposantes, nous buvons notre thé et fumons nos pipes, nos chiloms et nos joints et nous nous racontons mutuellement nos rêves et découvertes, nos espoirs et nos craintes. Les quelques freaks qui ont fui Kaboul, comme nous, se sont rassemblés ici, et nous rions ensemble, nous nous sentons bien, unis, nous sommes prêts à tout, remplis d'énergie à en exploser.

Nous sommes ici, bien présents, vivants et *rêvants*, et nous n'avons pas peur de regarder Dieu en face. Nous sommes prêts à continuer cette aventure, car nous ne sommes plus sur la Route des Indes ou sur le Chemin de Katmandou, nous sommes dans notre Histoire, notre Aventure, notre Vie. Le passage de la frontière afghane a marqué le début de notre initiation, le shit, la défonce ont été la levure nécessaire pour nous faire oublier notre préhistoire et nous aider à entrer dans cet univers si étrange mais totalement humain. Nous avons quitté le monde matériel, superficiel pour découvrir le monde élémentaire. Ici nous sommes en contact direct avec l'air, l'eau, la pierre et le feu et nous oublions pour quelque temps ce que nous étions.

Avec quelques fous-courageux, curieux et intré-pides, nous décidons de continuer ce chemin et de prendre le prochain transport pour les lacs de Band-e Amir, un lieu dont je n'ai encore jamais entendu parler. Je me laisserai à nouveau surprendre. Notre ami Robert, lui, doit abandonner sa quête, son corps n'en peut plus, la dysenterie le bouffe lentement. J'espère qu'il aura assez de force pour retourner ra-pidement en France.

Le Grand Bouddha

Grottes et Falaise

Petit Bouddha assis

Fresques bouddhistes dans la niche

Entre 2 lacs à Band-e Amir

Le muret devant notre caverne

Sous les cascades

Le retour

Nous sommes l'océan de la nuit,
emplis d'étincelles de lumières.
Nous sommes l'espace entre le
poisson et la lune,
pendant que nous sommes assis là,
ensemble.

Djalâl od-Dîn Rûmî,
La sagesse des derviches tour-
neurs

Band-e Amir, La Lumière

Début Juin 1972, Band-e Amir, Afghanistan

Nous atteignons Band-e Amir. Ses lacs et sa lumière .... La lumière.... *La Lumière.*

Des lacs bleus, incroyablement bleus, le ciel, bleu, incroyablement bleu.

Et les falaises, presque blanches sous cette lumière éblouissante, des murs blancs-beiges, irréels, qui encastrent les lacs sans les écraser. La pureté de l'air, l'intensité de la lumière m'aveuglent, me coupent le souffle. Et ce silence, cet incroyable Silence. Cette Lumière.

L'Extase !

Nous restons tous muets, pas un mot, même pas un OOOOOOOOMMMMMMMM sort de notre bouche, car la nature le prononce pour nous.

Allahu Akbar !

Oui, Dieu est grand ! Dieu est le plus grand ! Oui, si Dieu existe, c'est ici qu'il faut venir voir son œuvre. Que nous sommes petits ... et bienheureux. Nous nous laissons hypnotiser par ce paysage, respirons cet air léger et nous nous remplissons de cette atmosphère, ici et en ce moment, en ce lieu inoubliable. Oui, les dieux nous bénissent, le Grand Bouddha de Bâmiyân qui veille bienveillant sur sa vallée nous a ouvert la porte de l'Univers et emmené aux lacs de Band-e Amir.

Jacques, qui est déjà venu ici l'année dernière, conduit notre groupe et nous montre le chemin. Éblouis par la beauté du paysage et le silence absolu, nous marchons, silencieux nous aussi, en haut de la falaise pendant un ou deux kilomètres, avant de suivre des traces qui descendent jusqu'au bord du lac. Nous continuons de marcher au bord de l'eau jusqu'à la fin du premier lac et nous nous installons, entre deux lacs, dans des cavités naturelles creusées dans le haut mur qui retient naturellement le lac supérieur. Nous construisons un muret de pierre, pour en partie fermer le côté ouvert au vent de cette caverne longitudinale et ainsi nous protéger du froid glacial qui règne à cette altitude (3000m) pendant les nuits sans nuage. Nous pouvons ensuite, après un dernier verre de thé et un magique chilom, nous laisser bercer par le glougloutement de l'eau qui découle des remparts du lac et par la danse cosmique de myriades d'étoiles qui nous accompagnent au pays des rêves.

Nous avons emmené avec nous quelques instruments de cuisine ainsi que du thé, du riz et quelques épices, assez pour se préparer à boire et à manger et pouvoir survivre pendant plusieurs jours, voire des semaines si nous arrivons à améliorer nos repas, par la pêche ou la chasse. Nous ne sommes pas équipés pour la chasse et aucun de nous ne saurait se bricoler un arc ou des flèches pour chasser des animaux mangeables que nous ne voyons, de toute façon, pas se balader autour de nous. La pêche, elle, semble possible, le lac foisonne même de poissons, on les voit se faufiler sans peur dans l'eau transparente qui descend des hautes montagnes. Jacques et moi essayons de pêcher et nous y arrivons même sans trop de mal. Les poissons mordent rapidement à nos hameçons improvisés, mais la qualité des prises ou peut-être celle des pécheurs improvisés n'est malheureusement pas à la hauteur de nos espérances. Les innombrables arêtes et le peu de chair rendent ces poissons à peine comestibles. Mais nous avons de la chance, un afghan tirant un âne derrière lui et semblant sortir du néant, du moins je ne sais d'où, car je n'ai aperçu, en chemin, aucune fumée de feux de camp, aucun village ni aucune tente de nomades, nous rend visite. Il veut nous vendre, pour quelques afghans, de beaux poissons qu'il vient de pêcher à la dynamite ou à la grenade, comme cela est usuel ici, et qui devraient être bien plus comestibles que ceux que nous avions essayés de pêcher auparavant. Je suis un peu choqué par cette façon de pêcher qui n'est pas très naturelle ni très respectueuse de la nature, mais le deal est quand même très vite fait.

Pierre, qui adore faire la cuisine, nous prépare alors un repas de rois sur le petit feu que nous arrivons à entretenir avec les quelques rares brindilles et minces morceaux de bois que nous ramassons, un feu qui nous sert aussi à préparer notre thé et nous réchauffe légèrement pendant les longues et froides soirées.

Nous restons ainsi plusieurs jours dans nos cavernes, entre deux lacs, à côté des cascades qui se déversent dans une sorte de plaine marécageuse dans laquelle les eaux se faufilent et permettent à une maigre végétation de se développer avant de se ruer en cascades dans le prochain lac. Il paraît qu'il y en a sept qui se suivent, du premier, le lac des esclaves, au dernier, le lac du sabre d'Ali, tous retenus par des barrages naturels qui se sont construits au cours des millénaires.

Dans cette nature extrême, le soleil me brûle les yeux et le corps. Les joints et les chiloms, dans cet air raréfié, me coupent le souffle. Le tout enveloppe mes pensées dans une lumière blanche et m'assomme. La nuit, le silence absolu et le spectacle mirifique de la voûte étoilée, qu'aucune lumière artificielle ne vient distraire, m'hypnotisent et me bercent dans mes rêves enfumés.

Nous ne pensons pas repartir de sitôt.

Un jour, alors que je me promène entre ces lacs merveilleux à la recherche de quelques brindilles, un vieil Afghan, semblant venir de nulle part, s'approche de moi et commence à discuter, par simples signes, comme d'habitude, d'abord du soleil et du beau temps, puis de politique et plus précisément, d'un thème qui paraît particulièrement le préoccuper : Israël. Il répète plusieurs fois avec tonus « Israël peng peng ... peng peng ... », il prend son vieux fusil, l'arme traditionnelle que pratiquement tous les afghans portent en bandoulière quand ils se déplacent dans les montagnes, et mime, afin que je le comprenne bien, comment il vise et tire sur un ennemi invisible afin de le tuer. Il me montre avec le sourire, de mise en Afghanistan, et sans mauvaise conscience, par sa mimique et la répétition de son mantra diabolique et débile, son désir de tous les tuer. Je ne lui réponds rien et souris même, par habitude peut-être ou parce que je suis *stoned*. Je ne sais pas. Je ne lui montre pas mais intérieurement, je suis vraiment choqué, anéanti même. Comment un paysan, un vieux montagnard isolé du monde, n'ayant jamais quitté sa montagne et ayant sans aucun doute bien d'autres soucis dans sa vie quotidienne dans cette région infertile que le problème palestinien, illettré bien sûr et sans grande connaissance de la marche du Monde, ne sachant rien de l'histoire d'Israël et des juifs, comment pouvait-il ressentir une telle haine envers ce peuple. Je croyais que les sensations divines que ces vallées et montagnes afghanes, dans cet univers grandiose, nous offraient, ne pouvaient que nous influencer positivement, que la beauté et l'immensité de la Nature ne pouvaient apporter que beauté de l'âme et sagesse et nous aider à nous surpasser. Je pensais avoir laissé loin derrière moi la bassesse et la folie du Monde mais je m'étais lourdement trompé. La connerie avait déjà commencé à infiltrer cet univers du bout du monde.

Les ondes hertziennes se foutent des montagnes et des océans, elles peuvent allégrement transporter jusqu'à dans ces montagnes abandonnées leurs mensonges et leurs messages hargneux et envenimer d'honnêtes et simples personnes qui croient tout ce que disent ces voix divines qui sortent de ces drôles de boites et semblent venir de l'au-delà.

Pauvre Terre !
Je crains qu'il n'y ait plus de Paradis Perdu.

Peut-on encore espérer pouvoir se sauver ? Me faut-il retourner sur terre et admettre que les hommes, avec leurs religions, leurs idéologies et leurs fanatismes, ainsi qu'avec leur fric et leurs techniques destructrices ont le pouvoir de tout pourrir, ici et partout, hier, aujourd'hui et à l'avenir ?

Des visions négatives assiègent alors mes esprits. Je vois d'immenses grues qui construisent lentement un barrage en béton, afin de retenir les eaux des lacs créés par le prophète Ali, pour fournir de l'électricité qui pourrira de lumière cet univers. Je vois un grand hôtel de dix ou vingt étages monter en face du Grand Bouddha. Je vois des masses de touristes piétiner et détruire cet Univers unique. Bientôt, je le crains, ce rêve deviendra triste réalité.

Quel cauchemar !
Fais un bon joint, Pierre ! Un gros !

Les jours passent, je me sens quand même heureux, ici, dans ces cavernes. Le jour, je dessine et j'écris dans mon journal :

« Le soleil et le shit se bouffent dans le creux de ma colonne vertébrale et m'entraînent dans le trou insondable du cerveau, dans un tourbillon grimpant, au cœur des nuages, des astres et de la lune ...la nuit, les milliards d'étoiles et deux petits points jaunes-rouges dans les falaises qui retiennent le lac, nos feux dans les cavernes, le bruit des eaux qui descendent en cascades d'un lac à l'autre et, le son d'une flûte qui s'élance, loin, très loin pour calmer les tempêtes. Un chilom tourne, saphi au vent, un thé le suit, bouillant .... L'esprit sourit ... prend contact avec le sol, la pierre, le feu, l'eau et l'air. »

La nuit, je rêve.

Une dizaine de jours après notre arrivée, une éternité ou une microseconde de flash, impossible de le dire, le temps a, de nouveau, complètement disparu de mon univers, deux freaks du groupe arrivent, paniqués, à notre caverne et nous expliquent que l'eau est en train de monter, vraisemblablement à cause d'importants orages en amont que nous avons entendus exploser entre les falaises. Nous risquons d'être pris au piège entre les deux lacs, il n'y a plus de temps à perdre, il nous faut aussitôt abandonner nos cavernes, car si nous attendons trop longtemps, elles risquent d'être inondées et, chose encore pire, notre chemin de retour vers les falaises pourrait devenir impraticable ou disparaître sous les eaux. Aucun de nous n'a envie de prendre ce risque. Pierre et Jacques, l'autre Suisse qui bivouaque avec nous, s'y connaissent un peu avec les montagnes et leurs dangers mais aucun d'eux ne peut vraiment appréhender les dangers qui nous guettent dans ces montagnes de l'Hindou Kouch, ni appréhender les turpitudes de leurs lacs et de leurs cours d'eau qui peuvent rapidement devenir des torrents, comme nous en avons été les témoins, il y a quelques jours, sur la route de Bâmiyân. Nous emballons en vitesse nos maigres richesses et commençons notre marche afin de nous mettre en sécurité sur les hauteurs du canyon.

Nous grimpons donc les falaises et allons nous réfugier à la chaikana de Band-e Amir qui est à quelques kilomètres d'ici et est, à notre connaissance, le seul bâtiment habité aux alentours du lac.

La très simple chaikana, une grande salle avec un petit four au milieu qui réchauffe la pièce et sur lequel bout jour et nuit l'eau pour le thé, nous héberge maintenant. Les températures, la nuit, y sont beaucoup plus agréables que dans les cavernes et la nourriture, même si elle est très simple, comme c'est le cas dans toutes les petites chaikanas de campagne, y a un peu plus de goût que ce que nous avons cuisiné et mangé ces derniers jours. Nous fumons avec quelques afghans de passage et le propriétaire de la chaikana quelques pipes et nous endormons, sereins et souriants, dans nos duvets, à même le sol.

La nuit et l'orage passés, nous discutons et décidons de ne pas retourner dans notre caverne mais de repartir pour Bâmiyân. Et le lendemain, la jeep qui nous avait amenés ici vient nous reprendre pour nous faire retraverser ces montagnes désertiques et nous ramener aux Bouddhas.

La route grimpe et passe le col de Nil à 3500m d'altitude. La végétation à cette altitude, au milieu de ce paysage lunaire, est quasi inexistante, le soleil frappe, brutal comme toujours et seul un nuage de poussières nous poursuit. Au haut du col, dans le dernier virage avant la descente, à une dizaine de mètres de la piste, un vautour nous regarde passer. Il se tient là, perché sur un rocher, fier et calme, majestueux comme Bouddha, il ne se laisse pas troubler par notre passage, il est juste prêt à nettoyer son univers si par hasard notre jeep ratait un des prochains virages de notre descente sur la vallée de Bâmiyân et ses Bouddhas de pierre.

« Maître Vautour.
Si, un jour, je le peux,
je te donnerai mes os à libérer
de ses restes de viande,
au lieu de les laisser pourrir sous terre.
Mes respects,
Veilleur de la Vallée,
Nettoyeur de la Terre. »

Mi-Juin 1972, Bâmiyân, Afghanistan

Après ces dix jours passés à Band-e Amir, Bâmiyân me semble métamorphosée, je suis choqué par le bruit et la folle agitation qui y règnent. Il y a même des flics afghans en patrouille ou plutôt en vadrouille dans le village. Je sens comme une certaine nervosité et même de la parano commencent à monter en moi, une drôle de sensation, une sensation oubliée, une désagréable impression qui heureusement ne dure pas longtemps. La magie de Bâmiyân et de ses Bouddhas reprend vite le dessus et m'aide à contrôler et oublier ces mauvaises vibrations. Je m'écroule alors à nouveau pour 4 jours de chiloms, pipes et joints, de soleil et de repos, de balades sous le regard aveugle des bouddhas, aux pieds de la falaise et dans les grottes mystiques.

Roland et Carole viennent également d'arriver à Bâmiyân, mais la belle n'est plus belle et Roland n'est que l'ombre de ce qu'il était. Les deux sont maintenant accrochés à l'aiguille et ne peuvent plus sans, les deux ou trois semaines pendant lesquelles nous nous sommes perdus de vue ont suffi. Je les aimais vraiment tous les deux et cela me rend énormément triste, car je ne peux même pas les aider. Rien. Non, je ne peux rien faire.

Les Grands Bouddhas restent impassibles.

Notre rêve de Bouddha est ainsi brutalement interrompu, il est temps de revenir sur terre. De surcroît, mon visa pour l'Afghanistan, ainsi que celui de Pierre, expirent bientôt, nous devons donc retourner à Kaboul. Nous reprenons notre route et remontons sur le toit du prochain bus qui part pour la capitale afghane.

Le retour vers Kaboul est très agréable, pas d'orage, pas de routes ou de ponts emportés par les eaux, somme toute un peu monotone, si ce n'était cette rencontre inattendue, ce flash de couleurs dans un paysage de pierres et de poussières. Dans un pays où, à part le bleu du ciel, le gris et le marron des habits masculins et le bleu délavé des burqas féminines dominent, les robes rouges et ors de femmes nomades qui passent tout d'un coup devant nous éclaboussent de beauté nos yeux incrédules. Les bijoux en argent ornés de turquoises, de lapis-lazuli et d'autres pierres naturelles ainsi que les chevelures noires des femmes Kuchis, légèrement protégées par un foulard écarlate, m'hypnotisent. Des bracelets argentés caressent leurs chevilles, scintillent et brillent sous le soleil. La musique qu'ils créent en s'entrechoquant et que je nommerai plus tard dans mon journal de route leur *quincaillement* résonne dans l'air montagneux et attire mon regard vers leurs pieds nus, des pieds noircis par le soleil et la poussière, des pieds qui sautent et plutôt dansent, sans peur de se blesser, d'une pierre à l'autre, agiles et sures comme des gazelles de montagne. Des chevilles qui se prolongent et laissent deviner des jambes minces et musclées, même leurs larges robes au tissu rustique ne peuvent cacher un corps bien entraîné, des hanches qui se balancent et des silhouettes minces qui dansent en grimpant.

Ce spectacle exotique est dû au passage d'une tribu nomade qui coupe notre chemin pour traverser la montagne, interrompant ainsi notre voyage. Le bus, par respect ou par tradition, s'est arrêté pour les laisser passer, pour notre bonheur surtout, car nous pouvons ainsi les admirer un certain temps avant qu'ils ne disparaissent comme une *Fata Morgana*. Les chameaux, les ânes, les enfants, les hommes et les femmes passent rapidement devant nous sans vraiment nous jeter un regard, peut-être est-ce interdit par les lois musulmanes, peut être veulent ils simplement vite s'évaporer afin de ne pas aguicher trop longtemps les mâles afghans. Ils coupent directement dans la montagne, semblant venir du néant pour disparaître, plus haut dans la montagne, derrière de gros rochers. Ils passent agilement d'une vallée à l'autre, d'une marche rapide et déterminée, à travers les hautes montagnes de l'Hindou Kouch, au milieu de leur royaume sans nom où ils sont les véritables maîtres. Ils n'ont, je crois, que mépris pour ces machines bruyantes, ces monstres modernes qui défigurent leur nature et un jour arriveront peut-être à détruire leur culture.

Ces femmes nomades Kuchis, leur grâce féminine, leur naturelle beauté, dans un pays où les femmes ne semblent pas avoir le droit d'exister, me fascinent et me laissent rêver. Ces images se brûlent intensément dans ma mémoire. Mon « Esmeralda de l'Hindou Kouch » apparaîtra encore longtemps dans mes rêves.

Le bus continue sa route, nous repassons les nombreux chiffons et drapeaux effilochés accrochés à des mâts artisanaux qui marquent les lieux des accidents mortels. Les restes des bus qui ont raté leur virage ou ont été emportés par quelque éboulement et se sont écrasés au fond du ravin rouillent lentement, tout en bas dans le canyon. Mais aucun soupçon de peur ne m'effleure, la mort n'est plus mon adversaire. Comment pourrait-on avoir peur de la mort quand on pense être de retour du Nirvana ? Quel plus beau clin d'œil pourrait-on faire à notre destin de petits européens que de finir en repas aux vautours ?

Nous arrivons tard à Kaboul et retournons, sans en prendre vraiment conscience, dans notre hôtel habituel.

Avons-nous rêvé ?

Nomades Kuchis

Il est bon de laisser chaque jour derrière soi,
comme une eau qui coule, sans tristesse.
Hier est parti et son histoire est racontée.
Aujourd'hui, de nouvelles graines poussent.

Djalâl-od-Dyn Rûmî

Adieu à l'Afghanistan

Mi-Juin 1972, Kaboul, Afghanistan

Nous nous écroulons, nous nous écrasons à nouveau sur nos charpoys pour une semaine de joints et de chiloms. La chaleur est, depuis notre premier passage, devenue extrême, insoutenable même. Il faut se donner un coup de pied au cul pour se forcer à bouger et sortir de l'ombre ou du jardin de l'hôtel. Comme disent les allemands, il faut « surmonter son chien à cochon intérieur »[9]. Les allemands ont, sans doute, ici en tête les chiens qui chassent des sangliers et les poussent à sortir de leurs caches, une image qui me plaît et qui passe bien dans le paysage afghan où les chiens et surtout les cochons, sauvages ou pas, ne sont pas les bienaimés, à part peut-être

---

[9] „Den inneren Schweinehund überwinden"

dans le zoo de Kaboul, ou dans le frigidaire de quelque consul européen, ou peut-être même dans celui d'un riche afghan, qui se sentirait attiré par le goût des fruits interdits. L'idée rebelle d'un afghan rêvant de déguster une côte de porc, délicieusement accompagnée d'un verre de vin rouge, tout comme cette image parallèle un peu fantaisiste d'un évêque qui servirait des hosties, imbibées de LSD, en communiant ses brebis au cours d'une cérémonie religieuse dans quelconque cathédrale, envahissent mon esprit. Mes pensées s'égarent dangereusement, une fois de plus, dans la chaleur et les fumées.

Nous décidons quand même, un jour, de faire une tournée des ambassades et consulats, non pas pour contrôler le contenu de leurs frigidaires, mais pour nous informer s'ils ont pour nous des lettres du pays ou d'autres infos. Le consulat français n'est pas très accueillant mais cela aurait pu être pire, ils restent polis et me disent simplement qu'ils n'ont rien pour moi et qu'ils ne sont pas là pour ça. Le consulat suisse, lui, est suisse, poli, correct et neutre, mais ils n'ont rien pour Pierre, non plus. Mais je suis tout-de-même satisfait de ce petit tour, j'ai en effet pu faire, par cette visite surprise, un beau pied de nez à la justice helvétique en remettant les pieds sur leur territoire sacré, malgré l'interdiction qu'ils ont prononcée il y a un an et, de surplus, en étant complètement défoncé. Un double plaisir donc et un petit sourire malin adressé à cette vieille Europe qui est maintenant bien loin.

Et comme jamais deux sans trois, nous nous rendons ensuite à l'ambassade des Indes de Kaboul où nous espérons obtenir nos visas, car c'est la seule et dernière possibilité sur notre route, l'Inde n'ayant plus de représentation au Pakistan. Les deux pays sont à nouveau en guerre et se livrent presque quotidiennement des escarmouches à leur commune frontière, qui risque de rester fermée pour longtemps. Pour passer d'un ennemi à l'autre, il faut maintenant prendre l'avion à Lahore et voler jusqu'à Srinagar. Le billet, de surcroît, n'est pas donné, la différence de prix entre le bus et l'avion est énorme et pourrait faire un gros trou dans mon maigre budget.

Les fonctionnaires de l'ambassade indienne ne sont pas du tout sympas avec moi, ils refusent catégoriquement de me donner un visa, car ils trouvent que je n'ai pas assez de fric, c'est du moins ce qu'ils disent. Pierre, quant à lui, obtient le sien sans problème. Son passeport suisse semble avoir plus de poids que le mien, le franc suisse aussi. Le nouveau franc, instauré par De Gaulle, et mes capacités financières ne les ont pas du tout convaincus, ma gueule non plus. On se raconte ici que de nombreux Français resteraient bloqués aux Indes, financièrement, physiquement ou psychiquement incapables de retourner en Europe, et les ambassades et consulats français refuseraient de les prendre en charge. Les autorités françaises semblent n'avoir aucun intérêt à les rapatrier, car ces jeunes ne sont, de toute façon, que des anarchistes et des drogués dont la France a déjà trop, et ce pays, dont on dit qu'il est la patrie des droits de l'homme, est sans doute heureux de pouvoir s'en débarrasser. Ces mecs et filles paumés ou en fin de rouleau s'ajoutent ainsi aux centaines de milliers de mendiants indiens qui essayent déjà de survivre dans les monstrueuses villes du pays et comme l'Inde a assez de problèmes avec sa propre misère, elle ne veut pas prendre celle des autres en charge. Ils préfèrent laisser les pakistanais et les afghans se démerder avec eux.

Nous décidons alors de changer nos plans de route. Nous voulons d'abord rejoindre Peshawar, au Pakistan, puis monter dans la vallée de Chitral où vivent encore, d'après la légende, des descendants directs des soldats d'Alexandre dit « le Grand », une vallée mystique qu'on n'appelle pas pour rien la « Vallée des Immortels » et dont on dit que beaucoup de ses habitants sont de bienheureux centenaires ou plus encore. Nous pourrons ensuite continuer notre route vers Quetta, au Baloutchistan, une province pakistanaise au sud de l'Afghanistan et, plus tard, remonter par le sud de l'Iran en direction de l'Irak, de la Syrie, du Liban et peut être aller en Israël pour y travailler dans un kibboutz et s'y refaire un peu de fric avant de reprendre la route et, pourquoi pas, réessayer de passer aux Indes.

Dans nos têtes,
l'Aventure n'est pas encore terminée.
Nous sommes encore en vie,
plein d'élan et de rêves.

Notre visa pour l'Afghanistan, lui, expire rapidement et nous nous préparons à partir pour Peshawar. Nous avons juste un petit problème à régler avant de pouvoir larguer les amarres. Une mignonne québécoise qui fait le Voyage avec son petit ami canadien et avec qui nous avons lié amitié a acheté un petit renardeau sur un marché de Kaboul. Ce petit animal, enfermé dans une bien trop petite cage, lui a tellement fait pitié, qu'elle n'a pas pu résister et l'a acheté avec l'idée de lui redonner plus tard sa liberté. Il ne lui restait plus qu'à convaincre les deux fous, qui, de toutes façons, voulaient aller se balader dans les montagnes pakistanaises, qu'ils l'emmènent avec eux et le relâchent dans la nature. OK, l'idée est un peu folle mais nous aussi et on ne peut rien refuser à une fille super sympa comme elle et qui, chose assez rare à Kaboul, n'est pas accrochée à l'aiguille et ne porte pas de burqa. Elle nous a de surcroît envoûtés avec son bel accent québécois et hypnotisés avec ses grands et beaux yeux doux. Elle a certainement aussi mélangé quelques herbes envoûtantes, dont les sorcières amérindiennes du Canada ont le secret, dans notre thé ou nos chiloms pour atteindre son but. Je suis, pour mon compte, dans un tel état de manque romantique, dans ce monde de mâles malades, que je n'ai aucune chance contre elle et ne peut, en aucun cas, lui refuser ce service. Il ne nous reste maintenant qu'à emmener clandestinement sur le toit du bus ce petit renard et passer avec lui la frontière afghano-pakistanaise, sans attirer l'attention du conducteur ou des gardes-frontières.

Pas de problème, nous les enfumerons dans un nuage de shit. Ils n'y verront que du feu !

23 Juin 1972, Peshawar, Pakistan

Nous prenons alors le bus de Kaboul qui nous emmène à Peshawar pour un Dollar vingt-cinq. Nous passons Jalalabad et les célèbres gorges du Khyber

Pass sur le toit du bus, avec notre renardeau sauvage attaché à une corde. Le pauvre ne sait pas ce qui lui arrive et nous pénétrons en Asie, comme Alexandre de Macédoine, par la porte de Peshawar.

Le Rainbow Hotel, un des hôtels à bas prix de Peshawar nous accueille. Pas de soucis à se faire, ils prennent tout le monde, principalement des junkies sur la route de Katmandou, bloqués par la guerre indo-pakistanaise. Les hôtels en sont pleins, la morphine est ici pratiquement en vente libre et ils en profitent. L'hôtel ne coûte qu'1/4 de dollars la nuit pour une chambre pour deux personnes et ce n'est même pas l'hôtel le meilleur marché de la ville. Pour ce prix-là, il y a même un ventilateur et une douche, un luxe plus qu'agréable par les températures qui règnent ici. La chaleur et surtout l'humidité qui l'accompagne dans les ruelles du vieux Peshawar sont en effet insupportables, mon corps se liquéfie sous les tropiques et j'y laisse filer quelques litres de sueur. Dans notre chambre, notre renardeau souffre surtout de la captivité et devient de plus en plus incontrôlable, il nous mordille et veut bouffer tout ce qu'il peut attraper. Nous sommes obligés de mettre toute notre nourriture à l'abri, dans un filet que nous accrochons au plafond. Les employés de l'hôtel qui doivent rentrer dans notre chambre pour y effectuer quelque service ont une peur énorme de notre animal sauvage, ils sont très nerveux et nous devons craindre qu'ils aillent se plaindre de la présence de ce passager clandestin plutôt agressif auprès de leurs supérieurs. Nous aimerions éviter le blâme d'être les premiers européens à se faire vider d'un minable hôtel pakistanais, quoi que cela ne manque-rait pas de piquant et vaudrait bien une note en bas de page dans le journal de Peshawar. Nous voulons éviter tout désagrément et préférons, par paresse ou par lâcheté, déguerpir avant qu'ils nous foutent à la porte. Nous n'avions, de toute façon, pas l'intention de rester longtemps à Peshawar, « too hot ».

De la fenêtre de la chambre, on peut observer la vie qui bouillonne dans les rues, les pakistanais qui vont et viennent à leur boulot ou à leurs business, les marchands ambulants, qui grillent ou cuisent leur maïs ou leur kebab pour les vendre aux pakistanais pressés, les vélos qui se frayent leur chemin à travers la foule grouillante, les chars à buffles chargés jusqu'au ciel et quelques véhicules motorisés. Le bordel complet, l'Asie telle qu'on l'attend et toujours pas de femmes dans les rues. « *Mais où sont-elles ? Et d'où viennent tous ces mâles mal rasés ? D'où sont-ils sortis ? Des cuisses de Jupiter ?* »

Le soir, à la tombée de la nuit, la foule disparaît de la rue, les rapaces et les rats reprennent possession de la ville, ils se disputent les restes de nourriture et les déchets laissés par les marchands ambulants. Rien ne se perd ici. Demain matin, tout sera disparu, le cercle de la Nature fonctionne ici à la perfection.

Nous ne restons que quelques jours à Peshawar, faisons quelques balades, visitons le Bazar et les pe-tits commerces dans les rues exsangues de la vieille ville, y faisons nos courses, y découvrons des fruits inconnus, la mangue, par exemple, un fruit juteux et délicieux et y dégustons quelques rafraîchissants milk-shakes et autres exotiques ice-creams.

Nous avons une fois l'idée plutôt saugrenue d'aller à l'université de Peshawar pour y manger au resto-U, allez savoir pourquoi, peut-être parce que nous aimerions voir si la bouffe y est meilleure que dans les restos-U français où nous allions assez souvent à Caen, après avoir chiné un ticket à quelque étudiant. Sur les murs et les portes de l'université, qui est, en ce moment, malheureusement fermée, les étudiants ont collé des posters appelant à un « *Flower Power Happening* » et à la fin de la guerre au Vietnam. Oui, j'ai bien lu, en anglais dans le texte, la guerre au Vietnam, pas la guerre indo-pakistanaise, ils croient sans doute qu'il y a de bonnes et de mauvaises guerres. Je me demande vraiment d'où viennent ces jeunes étudiants, ils ne semblent pas être souvent sortis de leur campus ou de leurs palais, sinon ils auraient vu l'immense pauvreté qui règne autour d'eux, l'état de délabrement et de corruption du pays. Il y aurait, pour sûr, énormément de trucs à changer et à améliorer, beaucoup de raisons de protester et de manifester, il y aurait vraiment du boulot sur la planche, mais les jeunes étudiants pakistanais semblent préférer imiter les étudiants des soi-disant « pays développés », organiser des happenings colorés et soutenir les pauvres Vietcongs. Il est bien sûr plus facile de regarder au loin que de se remettre soi-même et son mode de vie en question. Je ne me sens pas meilleur qu'eux et je ne saurai jamais quel goût la bouffe a dans les universités pakistanaises.

Au bout de quelques jours, après un bon repas dans un vrai restaurant, avec des légumes suspects et, pour mon goût, bien trop épicés, un vrai repas de resto, bien différent de tout ce à quoi nous étions habitués de manger dans les chaikanas afghanes, bien repus et reposés , nous reprenons nos baluchons et notre renardeau et montons sur le toit d'un bus qui nous emmène à Mingora, au nord du Pakistan, dans la province de Khyber Pakhtunkhwa, dans le district de Swat.

La Porte du Pakistan

Le paradis terrestre est où je suis.

Voltaire
Le Mondain

La Vallée de Swat

Fin Juin 1972, Mingora, Pakistan

Nous avons laissé loin derrière nous la bruyante et brûlante Peshawar et pénétrons lentement dans les zones perdues du nord-ouest du Pakistan, zones que certains appellent « tribal areas », les régions tribales. Mingora, la capitale du district de Swat, ressemble plus à un grand et calme bourg afghan qu'à un chaotique village pakistanais, ce qui n'est pas étonnant, car la population est d'origine pachtoune, donc plutôt afghane que pakistanaise. Cette région montagneuse a été, sans beaucoup réfléchir, rattachée au Pakistan lors de l'indépendance, un héritage de la colonisation, comme beaucoup de frontières dans le monde.

L'air est ici bien plus respirable et je commence à mieux me sentir. Nous avons trouvé place dans un petit hôtel bon marché dont la fenêtre ouvre sur une petite cour intérieure. Les températures, dans la journée, sont quand même très élevées et je reste dans la chambre et observe par cette fenêtre un employé de l'hôtel qui fait, plusieurs fois par jour, sa prière vers La Mecque. Vu d'en haut, il semble que lors de chaque balancement cérémoniel de son corps et de sa tête, il se frappe le front contre le pare-chocs arrière d'une bagnole qui est garée là et appartient très probablement au propriétaire de l'hôtel. On pourrait croire qu'il implore la bagnole et non Allah, à moins qu'il mélange les deux et supplie Allah de faire de lui, un jour, l'heureux propriétaire d'un tel véhicule. Ce qui ne m'étonnerait pas car ces tas de ferrailles sont, dans le monde entier, de plus en plus vénérés comme des dieux et il est à craindre que ces monstres de ferraille soient un jour l'objet d'un culte païen et mortifère. Quant à moi, ces bagnoles ne me transcendent pas du tout et Allah pas beaucoup plus, alors, je peux m'économiser les prières et me reposer, en attendant la fraicheur du soir.

Une fois la température devenue presque agréable, je vais me balader seul dans le village. Dans leurs petites échoppes, les commerçants sont encore très actifs, ils vendent quelques produits locaux comme les légumes et les fruits que les paysans de la vallée ont cultivés. Le pain est cuit en direct dans un four sous terre, la viande est accrochée au plafond et est couverte de mouches, des images qui ne me dépaysent pas. Des artisans, assis sur le sol, réparent tout, même ce qu'on croirait irréparable comme les tasses brisées qui y sont agrafées, collées et remises en service, d'autres ressemellent des sandales en recyclant des vieux pneus. Les tisserands tissent tuniques et pantalons, les forgerons fabriquent et réparent les outils des paysans, l'armurier répare et vend des fusils, les lits et chaises faites de bois et de cordes y sont aussi réparées ou fabriquées devant mes yeux. Ici en 1972, presque tout y est fait et utilisé localement. On se croirait retourné au cœur de l'Afghanistan et cela me plaît énormément.

Le lendemain, de bon matin, nous remontons sur notre tapis volant pour gagner Bahrain, un village au confluent des rivières Swat et Dural où nous avons décidé de relâcher notre petit animal sauvage. Suivis par tous les enfants du village qui nous accompagnent depuis notre descente de l'autobus (des étrangers et spécialement des étrangers accompagnés d'un renardeau sont des modèles rares dans cette région montagneuse), nous marchons une centaine de mètres jusqu'à la sortie du village et détachons la corde du cou de notre petit animal pour lui redonner enfin sa liberté. Notre renardeau ne comprend rien à ce qui lui arrive et court plusieurs dizaines de mètres au bord du chemin pour aller se cacher dans une cavité, une sorte de gros tube d'où il observe, complètement paniqué, la bande de gamins braillards qui le poursuit et crie. Les gamins font un boucan effroyable, nous essayons de les calmer et de les tenir à distance afin que notre petit protégé puisse reprendre son souffle et ses esprits. Une fois la meute un peu calmée, notre bel animal prend son courage en mains et s'enfuit aussi rapidement que possible avant de disparaître complètement dans une proche forêt.

Mission accomplie, promesse remplie, notre mignonne québécoise de Kaboul serait fière de nous. Je la salue et lui envoie un dernier regard, un dernier sourire et une dernière pensée qu'elle recevra et sentira peut-être au plus profond d'elle-même.

Libérés de ce petit fardeau, nous pouvons maintenant continuer notre route au cœur de la merveilleuse vallée de Swat. Nous avons en effet décidé de ne pas continuer notre route vers Chitral où déjà trop de freaks se baladent et préférons nous aventurer dans la vallée de Swat qui a l'avantage d'être vierge et inconnue. Nous partons donc pour Kalam, confortablement allongés sur le toit du bus, croquant nos cacahuètes achetées à un petit commerçant, une drogue pire que le shit pakistanais, nous ne pouvons pas arrêter de les décortiquer et de les dévorer.

Comme d'habitude, un pont a été emporté par les eaux d'un torrent et le bus doit s'arrêter entre Bahrain et Kalam. Une soixantaine de soldats pakistanais sont déjà là et essayent de le reconstruire devant nous avec les moyens du bord. Des troncs et des branches d'arbres, des pierres et des graviers, tout est bon pour réparer les dégâts et colmater les brèches. De chaque côté du pont, des voitures, des camions, des cars et leurs passagers attendent patiemment qu'un pont provisoire soit construit pour pouvoir traverser. Ils ont l'air d'avoir l'habitude, car personne ne s'énerve, la patience est une vertu bien asiatique. Comme dit Confucius : « *Avec le temps et la patience, la feuille du mûrier devient de la soie.* » mais

134

je serais personnellement plutôt taoïste que confucianiste, et comme aurait pu le dire Lao Tseu: « Fume un ou deux joints et quelques K2 et tu oublieras le temps passé. » Les K2 sont de très bonnes cigarettes pakistanaises qui portent le nom de ce mont mythique du massif du Karakoram, une montagne qui se situe à la frontière sino-pakistanaise et dont l'image est imprimée sur le paquet de cigarettes.

Beaucoup de travail et un coup de baguette magique plus tard, la rivière semble passable et notre bus s'y risque et gagne son pari. Dans l'après-midi, notre bus et la route s'élevant à nouveau au-dessus des 2000 m d'altitude, nous atteignons Kalam, le dernier village de la vallée qui est accessible par autocar. L'air est frais et agréable, le ciel bleu et le soleil souriant, nous avons faim et soif, faisons une balade dans le village, buvons un thé et mangeons une bricole.

Au milieu du village, dans la rue principale qui le traverse, un spectacle moyenâgeux nous surprend. Un saltimbanque pakistanais tient en laisse un ours, un ours brun décoré de clochettes et de bouts d'étoffes. Le pauvre animal est littéralement mené par le trou du nez. Son propriétaire le tire, en effet, par une corde fixée à un anneau dans le nez et l'oblige à danser au son de son tambour, afin d'amuser les villageois qui s'agglutinent autour de lui et prennent un énorme plaisir à ce numéro de cirque. Un enfant, accompagnant le saltimbanque fait tourner le bonnet et les spectateurs y mettent quelques Annas (1/16 Roupie) en récompense pour ce spectacle de rue. Les villageois se réjouissent, ils ont l'air satisfaits, heureux peut-être même, car les attractions sont plutôt rares dans ce petit village de montagne.

Nous restons pour une nuit à l'hôtel de Kalam et le lendemain, bien reposés après une fraîche et agréable nuit, nous continuons notre chemin à pied et marchons jusqu'à Ushu, un petit village à 2300 m d'altitude. Quinze kilomètres de piste au milieu des montagnes, enchantés par le bruit des ruisseaux, des torrents et les chants d'oiseaux qui montent de l'immense forêt qui nous entoure. Les hurlements de loups, de coyotes ou de chiens sauvages nous incitent à ne pas perdre trop de temps si nous ne voulons pas passer la nuit dehors. Bien que nous ne soyons plutôt qu'os et peau, nous ferions quand même un repas frugal pour les loups et hyènes en balade ainsi que pour les vautours qui se réjouiraient de gratter les restes de viande de nos os. Je ne sais même pas s'il y a des vautours ici, mais cette idée et cette image me plaisent, j'aime ces oiseaux et ce qu'ils représentent. Nous prenons quand même le temps de faire quelques pauses-chiloms pour nous reposer et savourer cette fantastique nature qui semble encore intacte. Interpellé par ces hurlements, je repense aussi, avec nostalgie et douceur, à ce pauvre renardeau que nous avons laissé en liberté dans cet univers sauvage, j' espère qu'il s'adaptera bien et ne finira pas de sitôt dans la gueule d'un loup affamé (ou d'un vautour).

Inch'Allah !

Nous ne sommes que légèreté et sourire, comme l'air qui nous entoure et nous caresse, comme l'eau des sources qui nous rafraîchit. Les bruits de la ville sont disparus, le chaos des rues pakistanaises n'est plus qu'un vieux souvenir qui s'évanouit. Nous pensons rester environ un mois dans cet univers enchanteur et je me réjouis déjà.

Avant d'atteindre les premières habitations de Ushu, tous les gamins du village paraissent nous attendre pour nous suivre et certains trouvent très amusant de nous arroser de pierres, un jeu que quelques adultes du village interrompent en les sermonnant et leur indiquant de déguerpir. Ils nous accompagnent ensuite jusqu'au cœur du village. Il n'y a pas d'hôtel à Ushu mais une petite tea-house, une sorte de chaikana pakistanaise où nous dégustons le fantastique thé pakistanais, un thé noir laiteux, crémeux, délicieusement sucré, caramélisé même, qui semble être sur le feu et y cuire du matin au soir dans une grande casserole comme une bonne teurgoule normande, cette terrine de riz qui passe des heures au four. On nous sert ce thé à la louche dans des tasses usées qui ont déjà été utilisées des milliers de fois et le seront au moins autant.

Quel délice !

Nous sommes le 30 Juin 1972, un vendredi, le vendredi saint, le dimanche des musulmans, le jour de la prière hebdomadaire où tous doivent, ou du moins devraient, vénérer le nom d'Allah. La chaikana est bourrée à craquer, les hommes boivent leur thé, fument leurs cigarettes ou autres choses, un peu

comme dans les bistrots normands des petits pate-
lins, le dimanche matin, quand les femmes vont à la
messe. Mais ici, dans les champs et les maisons, on
peut entrevoir beaucoup de femmes qui continuent
de travailler. Dans mon cahier, j'écris sarcastique-
ment : « *Allah est misogyne, que fait le Mouvement de
Libération des Femmes (MLF) ?* »

Après deux tranquilles journées dans la fraîcheur
de la vallée de la rivière Ushu et deux nuits sur le sol
de la tea-house nous décidons de poursuivre, de bon
matin, notre chemin. Nous voulons aller jusqu'au
bout de la piste qui serpente dans la vallée et nous
continuons notre marche jusqu'au petit village de
Matiltan.

Début Juillet 1972, Matiltan, Pakistan

Après quelques heures de marche entre ces immenses montagnes qui nous toisent, nous atteignons, euphorisés par l'altitude et le bon shit pakistanais, la fin du monde, Matiltan. Un village, une région dont personne, nous y compris, n'avait encore
jamais entendu parler auparavant, ni à Istanbul, ni à
Kaboul, même pas à Peshawar. Nous avons le sentiment d'avoir atteint un sommet, nous nous sentons
un peu comme des pionniers qui découvrent un petit
paradis perdu, comme des héros de Rudyard Kipling
qui s'aventurent dans une vallée de l'Hindou Kouch.

Nous visitons le poste de police, le dernier poste
de contrôle de la région dont les occupants ne sem-

blent jamais sortir, et essayons, sans peur ni scrupules, de leur raconter des mensonges, pour les convaincre de nous laisser une piaule dans leur bâtiment, qui est bien trop grand pour eux, afin de passer un mois en sécurité dans le village, mais les flics-soldats pakistanais ont le toupet de contacter par radio leurs subordonnés de Mingora afin de se renseigner s'ils nous ont vraiment, comme nous le prétendons, promis cette piaule.

La réponse des policiers est sans appel, il n'y aura pas de piaule officielle aux frais de l'État pakistanais pour ces pauvres européens effrontés qui se sont égarés dans ces montagnes, tant pis pour eux. Nous sommes bien obligés de chercher une place pour dormir et allons aussitôt au bistrot de Matiltan, en vérité plutôt un stand de thé en plein air juste couvert par quelques planches et, de ce fait, inadéquat pour y passer plusieurs semaines. Nous y buvons un thé et questionnons le propriétaire, qui nous met alors en contact avec un client du bistrot, un habitant du village, qui vient juste de construire, au-dessus de sa maison de terre, une pièce supplémentaire, une chambre qu'il est prêt à nous louer pour cent Roupies par mois, une petite fortune, presque dix dollars mais nous n'avons pas tellement le choix et c'est OK.

Nous allons avec lui voir sa *location*, une pièce sans fenêtre mais avec une porte, une cheminée pour faire la cuisine et réchauffer la pièce le soir, deux vieilles chaises et une vieille petite table, deux simples charpoys pour dormir, peu de vaisselles mais cela nous suffit pour y passer un mois. Nous ne sommes pas exigeants, le deal est vite fait et nous emménageons aussitôt avec nos petits bagages. Chacun de nous a un petit sac avec quelques fringues pour se changer et le principal, un duvet. Avec celui-ci, nous sommes indépendants, nous pouvons aussi bien dormir sur le sol d'une chaikana ou, si nous le préférons, sous le ciel étoilé ou sous le clair de lune. Le seul luxe, le seul ballast que nous transportons encore sont deux livres, Pierre a encore son classique de Hermann Hesse *Siddhârta* et moi *Nexus, la Crucifixion en rose* d'Henri Miller ainsi qu'un cahier pour y noter mes impressions et mes sentiments et pour y confier quelques dessins quand les esprits me possèdent.

A-t-on besoin de plus quand l'Univers entier vient de s'entrouvrir devant vous ?

2 Juillet

« Le jour se lève sur notre maison, le soleil éclaire déjà les montagnes qui se dressent fièrement jusqu'à 6000 m d'altitude. Je vais me laver et remplir les récipients d'eau pour le thé et la bouffe. »

4 Juillet

« Réveil, Cigarette, je réfléchis devant le ciel et les montagnes, à l'ordre des tâches journalières.... Je vais acheter un litre de lait, fais réparer mes sandales et achète quelques oignons, fume un stick, vais me laver, ramène de l'eau, prépare un feu, d'abord une théière puis la bouffe.... Je bois ma tasse de thé... mange ... cigarette-thé-repos... vaisselle, eau ... vais à la rivière laver mes vêtements, reviens avec de l'eau, mets les vê-

tements à sécher, me lave les dents et m'installe au so-
leil pour jouer de la flûte, fume un chilom, me fais un
collier de perles et écris quelques mots dans ce ca-
hier. »

Et lis :

« Il n'y a pas au monde une chose qui vaille
la peine qu'on se batte pour elle, si ce n'est
la paix de l'esprit. »

Henry Miller

Cette paix de l'esprit, c'est peut-être ce que je cherche ici, dans les montagnes pakistanaises, par la réflexion et l'écriture. J'écris ici des dizaines de pages sur toutes les questions qui me travaillent, Allah, le mouvement, le vide, la peur, le temps, la recherche de la vérité, la Poésie des Moments, le shit, l'acte d'écrire en lui-même, et un tas d'autres conneries qui me passent en tête.

Les journées s'écoulent lentement, comme l'eau de la rivière où je vais chercher mon eau pour le thé. Le paysage est fantastique, les montagnes sont majestueuses, les jeunes femmes travaillent dans les champs juste en dessous de notre terrasse, directement devant nous. La grand-mère, la mère de notre propriétaire se cache à peine derrière quelques buissons pour assouvir ses besoins naturels, quelques jeunes mâles pakistanais, accroupis sur le bord du chemin, fument leurs cigarettes et discutent, d'autres se promènent, main dans la main, petit doigt accroché au petit doigt. La vie s'écoule, au rythme de cette petite vallée, au rythme du jeune boulanger qui vient deux fois par semaine pour cuire du pain frais dans le four sous terre qui se trouve auprès de la chaikana, qui est aussi le centre du village, au rythme des vendredis sacrés quand la place est pleine d'hommes qui boivent leur thé au lait sucré et fument ensemble, au rythme des nuits étoilées à l'infini, au rythme de la lune qui se reflète sur le Mont Falaksher. Nous nous demandons même, avec un sourire malin, si ce ne serait pas une mauvaise idée de se convertir à la religion musulmane et de prendre une des filles de notre propriétaire ou plusieurs comme femmes et de s'installer ici. Une idée provocatrice, mais pourquoi pas ? Les hommes ont l'air plutôt heureux ici.

Le temps passe !

J'observe les mouches qui pullulent le jour autour de moi, je les regarde voler et manger. Leurs trompes qui aspirent les restes de notre petit déjeuner et les facettes de leurs yeux me fascinent. J'examine leurs formes, leurs réflexes, leurs habitudes et leurs rapports mutuels. Le soir, quand la nuit devient glaciale, elles se cramponnent au plafond de la pièce, réchauffée par le feu de cheminée, des centaines de points noirs au-dessus de nos têtes, notre ciel mouché à défaut de ciel étoilé. Au matin, j'en balaie une centaine ou plus qui sont mortes de froid ou d'ennui et se sont écroulées du plafond. Je dors, heureusement, la bouche fermée !

Le temps continue de passer !

Le 7 Juillet 1972, j'écris dans mon Journal :

« *Le temps s'arrête net, il ne reste dans la mémoire qu'une étincelle, un éclair. Le temps, l'espace n'ont plus aucune valeur .... Il ne reste que le flash, la vibration, l'explosion du cerveau en dehors de son habitacle, un moment où l'esprit est cosmique, universel, plein et vide, infiniment grand et infiniment petit .... Un moment où tout se noie dans l'Univers, un moment où tout est Néant, inclus et incluant, indéfinissable, intraduisible, irréel ... »*

Mais, à partir du 9 Juillet, la paix de mon esprit est remise en question par de douloureux maux de ventre et de tête, mon estomac tourne et tourne et tourne, ma tête et mes poumons explosent, ma gorge et mes yeux brûlent, les poux et les puces me sucent les dernières goûtes de sang qui me restent. Mon corps est à bout, il ne veut plus continuer, il me boycotte, se met en grève, réclame un peu de repos, de bonne nourriture, de soins et je vais bien être obligé d'essayer de les lui donner avant qu'il ne me laisse tomber. Ainsi suivent plusieurs jours de délire, entre fièvre et douleurs, dans un corps qui se vide presque complètement.

17 Juillet

« *La Route des Indes, le chemin de Katmandou sont une connerie inventée par les maquereaux de la jeunesse inconsciente.* »

Quelques freaks ont, comme nous, trouvé le chemin de ce village, Jacques, le suisse, et Phil, l'américain, avec qui nous avons déjà vécu de beaux moments à Bâmiyân et Band-e Amir. Nous nous réjouissons de les revoir en bonne santé et fumons ensemble la pipe des retrouvailles. Un jeune français et une belle américaine ont loué un petit truc à l'autre bout de Matiltan et semblent avoir trouvé leur lieu de rêve pour y faire l'amour, on ne les voit presque jamais. Deux autres Suisses, attirés par les paysages alpestres et la fraîcheur des montagnes, viennent également de s'installer dans le village. Nous ne sommes plus les seuls rois de Matiltan.

Vivons-nous la naissance du tourisme ?
En sommes-nous les responsables ?

22 Juillet
« *Les douleurs deviennent de plus en plus intenses, à quand l'accouchement ?* »

24 Juillet
« *... Les poux, les puces et les mouches dansent encore joyeusement, mais aujourd'hui, je vis encore et j'en suis étonné. J'ai cru cent fois que quelques morceaux de mon corps allaient exploser, éclater en fibres de douleurs, rouges, saignantes. Comment ces intestins, cet estomac, ces poumons et ce cerveau ont-ils trouvé la force de résister.* »

Une immense avalanche, au loin, descend la montagne dans un gigantesque nuage, je me remets lentement mais je me remets. Allahu Akbar !

Notre mois à Matiltan tire à sa fin et je me sens mieux de jour en jour, la force revient dans mon corps et je suis heureux de repartir sur la Route, mais je sens très profondément que nous sommes sur le point de quitter une sorte de Paradis.

Le temps de l'introspection et de la méditation est fini. Vive l'action !

Nous prenons nos sacs et partons. Après avoir abandonné Matiltan, nous nous retrouvons, sans vraiment le réaliser, dans l'hôtel de Kalam dans lequel nous avions déjà dormi à l'aller et où nous ne restons qu'une nuit. Le lendemain, nous nous envolons à nouveau sur le toit d'un bus qui, cette fois, nous emmène vers Utrar, une autre petite vallée à l'ouest de Kalam. Mais arrivés à Utrar, nous nous sentons mentalement coincés, ce trip pour Utrar n'est qu'une reproduction du trip pour Ushu, nous voulions sortir de la vallée de Swat et terminer ce chapitre mais il semble que nous avons du mal à nous séparer du calme et de la fraîcheur des montagnes. Peut-être avons-nous peur du chaos qui nous attend, peur de l'avenir ou peur d'atteindre trop rapidement le moment où nos chemins se sépareront. Nous décidons de sortir aussi vite que possible de ce psycho-cul-de-sac et de continuer notre aventure. Nous passons une seule nuit à Utrar et repartons, dès le lendemain matin, sur le toit du bus, notre mode de voyage préféré. Nous retournons à Kalam afin de poursuivre aussi vite que possible notre route jusqu'à Bahrain.

Le Voyage continue !

145

2 Août 1972, Bahrain, Pakistan

Bahrain est pris par la folie, à moins que ce soient nous qui déconnions. Des sadhus presque nus, le corps et le visage bariolés, décorés de lourds colliers de perles et de pierres multicolores, une apparition inattendue dans cette région pakistanaise exclusivement musulmane, se promènent et mendient dans le village, apportant de la couleur et soufflant un air de spiritualité libérée dans cette triste grisaille afghano-pakistanaise.

Un pakistanais fou ou complètement défoncé ou les deux à la fois communique longuement et intensément avec les objets d'une chaikana. Il semble avoir établi un contact psychique, psychédélique ou paranormal, un contact particulièrement intense avec l'esprit des arbres qui vit encore dans les tables et les chaises du bistrot ainsi que dans les braises et les branches enflammées du feu de bois qu'il implore.

Pourquoi pas ?

Un autre jeune citadin pakistanais, outrageusement maquillé et maniéré, un travesti, un homosexuel, peut-être, mais ici ? dans ce village musulman où les lois de Mohamed régissent la vie de tous les jours, je n'ose pas y penser. Il pavoise devant les paysans et les artisans pakistanais, éberlués mais curieux, les provoque et s'amuse de leurs regards choqués ou intéressés et même parfois aguichants.

La culture travestie et transsexuelle des *Hijras* ainsi que la spiritualité des ascètes hindous qui ont

146

renoncé à toute attache matérielle pour se consacrer uniquement à leur quête spirituelle en renonçant au plaisir, à la richesse et au pouvoir ne semblent pas encore totalement disparues du Pakistan musulman.

L'Inde et le Pakistan ne sont séparés que depuis vingt-cinq ans et les empreintes ou séquelles de cette union sont encore visibles mais sont, sans doute, appelées à disparaître face au fanatisme musulman que nous sentons implacablement grandir. En effet, dans la même chaikana ou le sadhu fumait son chilom et où nous nous sommes assis pour boire un verre de lait et contempler la folie qui règne autour de nous, le propriétaire du bistrot se poste, tout d'un coup, devant nous, complètement hors de lui, l'air enragé, les yeux hors de leur orbite. Il nous menace avec un long couteau de cuisine et je ne sais pas pourquoi. Qu'avons-nous fait de mal ? Pierre réagit instinctivement et sort son petit couteau suisse. La situation a quelque chose de ridicule mais cela n'enlève rien à sa dangerosité. Nous avons du mal à comprendre ce qui se passe, nous comprenons seulement qu'il veut du fric, mais nous ne sommes pas prêts à payer pour ses beaux yeux.

Heureusement pour nous, un jeune pakistanais qui était également dans la chaikana a eu la glorieuse idée d'avertir un policier qui patrouillait dans la rue. Celui-ci vient heureusement aussitôt et sépare les belligérants avant qu'un malheur n'arrive. La situation se calme, le policier écoute alors les revendications du proprio et nous les explique. Le mec de la chaikana nous accuse d'avoir contaminé ou empoisonné, par quelque contact interdit, tout le lait du récipient et veut que nous payons les dix litres de lait en réparation de notre faux-pas, car ce lait, par le contact qu'il a dû avoir avec notre gobelet et nous avec le gobelet est maintenant imbuvable pour un musulman, car nous sommes des infidèles, des impurs. Nous n'avons jamais été purs ou fidèles et nous n'avons aucunement envie d'appartenir un jour à cette fratrie raciste, mais nous acceptons quand même de le payer pour mettre un point final à cette dramatique situation. Mais que faire de ce lait ? Nous en buvons quelques gobelets et, faute de pouvoir tout boire sans exploser, nous décidons de déverser tout le reste dans un petit torrent qui descend de la montagne et coule juste derrière la chaikana. Bien sûr, jeter cette précieuse nourriture, dans un pays où de nombreux enfants ainsi que de nombreux adultes ne mangent pas tous les jours à leur faim, nous fait vraiment mal au cœur mais nous ne pouvons pas boire dix litres de lait en dix minutes et, comme il est devenu impur, nous ne voulons empoisonner personne. Si nous ne le détruisons pas, le propriétaire de la chaikana le revendra à ses clients musulmans, une fois les témoins du sacrilège repartis. Nous pourrions lui laisser ce plaisir mais nous sommes bien trop en colère et nous n'aimons pas que l'on se foute de nos gueules.

La folle journée de Bahrain n'est pas encore terminée. Un cinéma ambulant vient d'installer son écran et des chaises pour les spectateurs sur une grande place du village. Le soir, car il faut attendre qu'il fasse nuit pour pouvoir projeter le film en plein air, les jeunes et les moins jeunes du village viennent en masse pour s'enivrer de cinéma, « *une foule délirante, folle, regardant un horrible navet* ». Ce film pakistanais à la Bollywood, n'obtiendra jamais de Palme à Cannes mais il est la démonstration parfaite de la magie du cinéma, de la force de l'image mouvante, les spectateurs crient, rient et pleurent comme les enfants d'une école maternelle pendant un spectacle de Guignol, comme à Rijeka et il me faut maintenant réviser mon opinion sur le cinéma, prise il y a quelques mois en Yougoslavie, car c'est ici, dans les campagnes et montagnes du Pakistan et non dans les villes athéistes ou orthodoxes des Balkans, que se joue le cinéma originel, originel comme un péché en pays musulman.

Pour ces petits villages perdus dans les montagnes, c'est une révolution culturelle, une de plus pour cette vallée qui a déjà vu passer Alexandre de Macédoine et ses armées, les moines bouddhistes, les hordes mongoles, turques et autres, tous les envahisseurs, destructeurs ou constructeurs, tous les explorateurs avec ou sans mission, les colonialistes de tous les temps qui viennent te voler tes richesses et chambouler ton esprit.

Après une très courte nuit à l'hôtel, nous partons en jeep pour Mingora.

« *Mingora, où la chuleur nous fait partir en eaux* ». Après un mois passé dans la fraîcheur des montagnes, la chaleur tropicale nous est à nouveau pratiquement insupportable. Notre ami Jacques, qui est descendu de Matiltan pour faire quelques achats, nous rejoint à l'hôtel où nous nous sommes installés. Nous passons la nuit à fumer et à discuter.

Le lendemain, nous décidons d'aller ensemble au lac artificiel de Mingora avec l'intention de nous y baigner pour nous rafraichir. Mais, en fait d'un lac, nous ne trouvons qu'un étang purulent, une surface boueuse et puante. Il est impossible de s'y baigner mais nous ne nous laissons pas décourager et décidons d'aller à pied jusqu'à la rivière qui entre dans Mingora. Pierre qui a peur de se mouiller reste dehors, au sec. Jacques et moi pénétrons, tout habillés, dans cette eau relativement boueuse mais fraîche, les montagnes ne sont pas loin. Nous avançons en marchant ou en nageant dans la rivière, les buffles et les enfants s'y rafraîchissent aussi et pataugent dans l'eau boueuse à côté de nous, nous en sortons de temps en temps pour quelques minutes et y retournons vite pour nous rafraîchir à nouveau. Insouciants et naïfs, sans penser au danger non négligeable de s'attraper une mauvaise infection (J'ai vite oublié ma douloureuse expérience de Matiltan. Simple esprit que je suis !) nous nous amusons comme des fous, les enfants pakistanais autour de nous rient, crient et s'amusent à nous éclabousser, agréablement surpris de voir ces européens perdus patauger avec eux, comme des gamins, dans leur piscine naturelle.

6 Août 1972, Butkara, Pakistan

Pour notre dernière journée à Mingora, nous décidons d'aller à Butkara. Nous avons entendu dire qu'il y a là un grand stupa bouddhiste et des restes de la civilisation gréco-bouddhique du Gandhara, mais quand nous y arrivons, nous ne trouvons pratiquement que des ruines, un gros tas pour le grand stupa et une centaine de petits stupas plutôt détériorés. Il ne reste que quelques sculptures, tout ce qui est transportable a dû être pillé, le business de reliques et de tout ce qui se vend est, comme partout ici, très prospère. Nous sommes quand même un peu déçus et rentrons lentement à notre hôtel en discutant. Sur le chemin du retour, deux jeunes pakistanais nous accostent et nous font part de leur grande envie de venir en Europe, deux de plus.

« *Please, Mister, take us with you, we make all that you want* ». Les jeunes pakistanais, à partir d'un certain âge, ne mendient plus pour un maigre bakchich, ils veulent l'Europe toute entière et paraissent prêts à tout pour l'obtenir.

Nous passons la dernière nuit dans notre piaule d'hôtel avec un junky fou qui vient de s'y installer, un américain complètement flippé, speedé, pas cool du tout, portant de jour comme de nuit ses lunettes de soleil et ses bijoux. Un fou comme il y en a beaucoup ici, nous y-compris. Nous remarquerons, quelques jours plus tard, qu'il nous a piqué une dizaine de dollars sous forme de traveller-chèques.

Notre connerie !
Il faut toujours faire gaffe avec les junkies !

Stupa

Stupas et ruines bouddhistes de Butkara

Voici l'épreuve
où l'on reconnaît l'innocence :
subir un outrage,
et pouvoir contempler,
avec l'élan habituel,
la lune amicale
qui parcourt le ciel
dans sa majesté de reine.

Henry David Thoreau
Journal (1837-1861)

La Traversée du Pakistan

Nous revoici de nouveau à Peshawar, dans le bruit et la chaleur, au milieu de la foule afghano-pakistanaise. À la Poste de Peshawar, deux merveilleuses lettres de Josette nous attendent. Ces deux lettres qui viennent d'un univers que j'ai presque oublié me remplissent de bonheur et me transportent dans ce vieux monde où vivent encore quelques amis que j'aime. Un monde que je reverrai peut-être bientôt. Josette nous écrit : « *Vous me manquez. J'ai tellement envie de vous combler de quantités de trésors.......... J'ai envie d'être une enveloppe de soie ...* » et au dos de la lettre : « *Respirez la - Je l'ai trempée dans l'eau de mer.* » Ces mots, ces pensées, l'image de l'infini océan me rafraîchissent l'esprit, à un moment où je sens notre Grand Voyage commun arriver à sa fin.

Nous avons, en effet, décidé de nous séparer. Pierre qui a obtenu son visa pour les Indes va prendre l'avion à Lahore pour voler vers Amritsar en Inde et continuer son voyage vers Katmandou. Pour ma part, je pense rester encore un certain temps au Pakistan, je veux traverser le pays de Lahore à Quetta et de là, gagner la frontière iranienne pour ensuite remonter sur Téhéran et continuer vers l'Ouest. L'Irak, la Syrie, le Liban et Israël restent de possibles alternatives, si j'en ai encore la force, bien entendu.

Après avoir passé une dernière nuit à Peshawar, nous prenons, pour la première fois au Pakistan, le train qui doit nous mener à Lahore, une expérience à faire au moins une fois dans cette partie de l'Asie. Le wagon est plein à exploser et pour obtenir une place il faut se battre ou, comme nous qui avons la chance de pouvoir se payer ce luxe, rémunérer un gardeur de places. Pour cinq Roupies, presque autant que le prix du ticket qui est de sept roupies par personne, il nous organise deux places assises et nous évite de nous battre pour ce luxe. La vie est injuste, je sais et nous sommes, en ce moment, bien contents d'appartenir à la caste des privilégiés. Nous n'avions pas envie de nous battre et n'aurions, de toute façon, pas fait le poids.

Août 1972, Lahore, Pakistan

Le voyage de Peshawar à Lahore est, malgré la chaleur, assez agréable. Un pakistanais, âgé d'environ une trentaine d'années et qui appartient apparemment à la classe moyenne pakistanaise comme la

154

plupart des voyageurs de ce train, partage son thé et quelques biscuits avec nous. Il discute et discute et ne nous lâche pas d'une semelle, il est même plutôt chiant mais nous ne voulons pas le froisser en le remettant à sa place. Il semble infatigable, sa bonne humeur est infinie et il me sourit interminablement, comme s'il voulait quelque chose de moi. Cette attitude explicitement amicale ne m'étonne pas énormément, ne m'alarme pas non plus, peut-être est-il homosexuel, europhile, solitaire, ou je ne sais quoi. Mais, une fois arrivés à Lahore et descendus du train, après avoir à peine mis les pieds sur le quai de la gare, le *sympathique* pakistanais se démasque et nous livre directement aux mains de policiers en civil qui ne semblent qu'attendre que de jeunes européens, aussi insouciants que nous, tombent aveuglement dans leur filet. Je suis complètement surpris, je ne comprends pas assez vite le sérieux de la situation et n'arrive pas à me débarrasser de la plaque de shit que je porte, comme j'en ai l'habitude depuis plusieurs semaines, dans la poche de ma tunique. Merde ! Les deux policiers nous encadrent et nous emmènent dans leur bureau, une petite et sombre pièce sur le quai de la gare, où ils me demandent de vider mes poches, avant de me fouiller méthodiquement. Je suis bien obligé de mettre les cent ou cent-cinquante grammes de bon shit pakistanais, qui me restent en poche, sur la table.

Mille fois Merde !

Je me vois déjà pourrir dans une prison pakistanaise et j'avoue que je commence à les mouiller, toutes les histoires sordides de prisons indiennes, pakistanaises ou népalaises que j'ai entendues dans les hôtels et les chaikanas, au cours des dernières semaines de notre Voyage, me reviennent en mémoire et ne me remontent pas le moral. Je commence à flipper sérieusement.

Mais si mon moral n'est pas au vert, la morale des fonctionnaires pakistanais, heureusement pour nous, n'est pas verte non plus. Ils ne sont, en fait, pas du tout intéressés à nous mettre des menottes et nous livrer à leurs supérieurs ou à la justice. Ils préfèrent conclure avec nous un deal intéressant avant que d'autres ne le fassent. Un des flics en civil, les yeux rougis par la drogue, lui aussi, prend la plaque de shit sur laquelle il lorgnait depuis qu'elle gisait sur la table et la met dans sa poche, ce qui est déjà un bon signe. Il ne me reste qu'à espérer que cette pièce à conviction ne ressorte plus de sa poche. Le chef de la bande, ou du moins celui qui parle le mieux anglais, nous emmène derrière le bâtiment dans un wagon délaissé, sur une voie, semble-t-il, désaffectée et commence les tractations avec Pierre qui est le meilleur marchandeur de nous deux. Le voyou veut du fric, des dollars bien sûr, beaucoup de dollars, en échange de son silence et surtout de notre liberté. Je n'ai aucune idée de ce qu'il espère nous extorquer mais Pierre fait du bon boulot et arrive à le persuader que nous n'avons que vingt Dollars en liquide sur nous et qu'il ne peut en espérer plus. Celui-ci joue un peu avec nous et fait son petit théâtre, espérant nous en extorquer un peu plus mais accepte finalement.

Sa satisfaction est clairement lisible, ses yeux brillent et son sourire est revenu, il n'a plus besoin de faire le méchant. Ouf ! Le deal est alors rapidement exécuté et les billets changent de main. Je peux enfin recommencer à respirer. Nous retournons au bureau pour reprendre nos baluchons et filons en vitesse avant que ces flics-voyous, ces ripoux drogués, ne changent d'idée et nous en redemandent.

Nous gagnons alors à pied le Swat Hotel, qui n'est pas très loin de la gare et y prenons 2 lits pour quelques roupies. Nous y déposons nos affaires et allons aussitôt au poste de police de Lahore, « the Central Police Office ». Non pas pour porter plainte contre les ripoux qui m'ont volé ma plaque de shit et que nous espérons bien ne pas rencontrer dans les couloirs du commissariat, mais pour y faire une déclaration de vol de chèques de voyage. Les policiers ne croient probablement pas à cette histoire de vol, car nous ne sommes pas les premiers qui essayent de remonnayer leurs traveller-chèques, c'est même monnaie courante, si l'on peut dire, chez les hippies qui traversent ce pays. Ils s'en foutent complètement et nous donnent, pour quelques sous, les formulaires nécessaires pour la déclaration de vol, une déclaration que nous devons simplement faire certifier par un notaire au District Court de Lahore. Nous nous y rendons donc aussitôt pour les faire valider. Les passants nous aident à trouver le chemin mais, une fois arrivés, nous cherchons, étonnés, les bureaux où devraient travailler les spécialistes du droit, les avocats, les notaires et les autres employés de justice. Nous nous retrouvons en fait sur une grande place publique qui ressemble plutôt à un marché de quartier, à une foire qu'à un cabinet d'avocats. Tous les notaires, les avocats, les écrivains de rue ou je ne sais quoi, ont leurs bureaux dehors, à l'air frais, au milieu d'une grande place. La plupart se protègent de la pluie et surtout du soleil avec un parapluie ou un parasol et ne possèdent, en guise de bureau, qu'une simple chaise en bois et une petite table pour écrire. Le notaire, si nous pouvons l'appeler ainsi, sait lire et écrire aussi bien en anglais qu'en pakistanais, et, le plus important pour nous : il possède les tampons nécessaires et a le droit de signer les documents dont nous avons besoin pour faire notre petit commerce. L'administration pakistanaise semble avoir hérité son système bureaucratique des colonialistes anglais et l'avoir gardé après leur départ, après l'indépendance, mais cet appareil bureaucratique qui fonctionne plus ou moins bien en Angleterre semble ici beaucoup plus difficile à manier dans un pays de culture très différente où la majorité de la population est pauvre et analphabète mais ce n'est pas notre problème, nous nous en foutons même, comme nous nous foutons de tous les bureaucrates du monde entier. Qu'importe, Pierre lui file quelques roupies et prend les papiers, officiellement tamponnés et signés, et nous disparaissons rapidement. Les contacts des dernières heures avec la société civile pakistanaise nous ont suffi, nous regrettons l'Afghanistan où tout était beaucoup plus simple, plus chaotique peut-être mais beaucoup plus sympa. Nous allons alors au bureau de l'American Express, dans le Mall de Lahore, armés de cette déclaration officielle

158

de vol et laissons, par l'occasion, me refaire de nouveaux chèques de voyage par les banquiers pakistanais. Ces 100$ supplémentaires devraient me suffire pour survivre les prochaines semaines et faire quelques milliers de kilomètres.

Nous avons quitté le Pachtounistan et ce nouveau monde est bien différent. Les riches pakistanais d'ici ont d'autres souhaits ou besoins et ils aimeraient pouvoir acheter tout ce qu'ils désirent posséder. Le Mall de Lahore est une grosse pochette-surprise orientale et le lieu idéal pour satisfaire ces besoins, on y trouve tout ce qu'on souhaite, et même plus, pourvu qu'on possède les dollars nécessaires. Dans un magasin spécialisé, normalement réservé aux étrangers, on peut même y acheter toutes les boissons alcoolisées du monde entier, du Cognac, du Whisky et même du bon vin rouge français. Tous les poisons interdits de l'Occident s'étalent devant nous, mais seuls les non-musulmans sont autorisés à faire leurs courses dans ce magasin et régler en dollars leurs achats, les clients sont principalement des diplomates ou leurs employés. Les riches pakistanais qui aimeraient s'empoisonner avec ces boissons diaboliques doivent faire preuve d'imagination ou de force de persuasion. Quant à moi, ils n'ont pas beaucoup de mal à me persuader de leur acheter une bouteille de leur poison préféré. Ils n'ont qu'à me demander poliment, car je suis très serviable et me réjouis d'acheter pour eux une bouteille de Whisky, sous le nez et la barbe du prophète. Et je mets un point d'honneur à ne pas accepter le bakchich qu'ils veulent à tout prix me donner. Ce deal, je ne le fais que pour l'amour de mon prochain, ou, pour être honnête, parce que j'adore transgresser les interdits et que je me réjouis d'emmerder, par cet acte infantile, tous les mollahs du monde. Un petit plaisir, un sacrilège en passant.

Dans ce drôle de Mall, il est même possible de se laisser peser et comme je suis vraiment curieux de savoir combien pèsent mes os, je monte sur la balance et, me laisse surprendre : 64 kg pour 1,82m. Ok, ça va ! Je n'ai perdu qu'une dizaine de kilos, la balance n'a donc pas beaucoup souffert. Le maigre résultat ne m'étonne pas outre mesure après la dysenterie que je me suis prise dans les montagnes pakistanaises mais cela aurait pu être pire. Une raison de plus pour aller le soir au restaurant se remplir la panse dans un beau, un vrai, un resto à l'européenne, un restaurant comme nous n'en avons plus vu depuis très longtemps. Je prends un repas à vingt roupies, environ deux Dollars. Pour ce prix-là, je pourrais passer dix nuits à l'hôtel à Lahore ou m'acheter cent paquets de K2, mais qu'importe, c'est le dernier repas que nous prenons ensemble après plusieurs mois d'aventure et nous n'avons pas de problèmes de ligne. Nous dégustons sans complexes le poulet, les spaghettis, les frites, la salade, les pêches Melba et, comble du plaisir, un café crème. Un Café Crème ! Cela fait plusieurs mois que je n'ai plus bu de café, la dernière fois c'était à Thessalonique, je crois.

Quel délice ! Quel orgasme !

Un repas royal, dont j'ai noté les moindres détails dans mon cahier de route, pour pouvoir les relire dans les moments difficiles qui ne tarderont pas à revenir.

Ah ! Relire ce menu, revoir ces assiettes pleines et savoureuses en fermant les yeux et rêver.

Oui, il faut parfois fermer les yeux pour mieux voir.

Le lendemain matin, après avoir fumé ensemble un dernier joint, nous retournons à la railway-station de Lahore mais, cette fois, avant d'atteindre la gare, je jette sur le trottoir les derniers grammes de shit qui traînent encore dans mes poches. Je n'ai pas envie de me refaire avoir par ces ripoux pakistanais. J'ai, en plus, décidé de ne plus fumer de merde pendant les prochaines semaines ou du moins les uns ou deux prochains jours, il ne faut pas exagérer. Je fais mes adieux à Pierre. J'ai le cœur un peu serré mais mon esprit est encore embrumé par le shit, ce qui adoucit la séparation. Je monte dans le train qui doit m'emmener à Quetta et m'installe confortablement dans un wagon presque vide. Cette ligne ne semble pas très fréquentée, Quetta ne semble pas attirer les foules pakistanaises. Tant mieux pour moi, je préfère la solitude.

Inch'Allah !

Je traverse ainsi le Pakistan du nord-est au sud-ouest, 1250 km environ, 24 heures de train pour 3 dollars en deuxième classe, un voyage de luxe ou presque.

La chaleur est infernale. Entre Sukkur et Sibi, les lieux les plus chauds du Pakistan, la température approche les cinquante degrés. Les fenêtres restent, pendant tout le voyage, ouvertes pour ne pas étouffer de chaleur. La poussière du désert et la fumée de charbon de la locomotive s'infiltrent partout et se collent sur mon corps en sueur. L'eau du robinet est, dès le départ, brûlante et bientôt consommée ; elle ne peut, de toute façon, à défaut de pouvoir rafraîchir, que laver la poussière du voyage. Dans le wagon où je suis assis, un gros et riche leader indépendantiste baloutche m'invite à venir m'asseoir à côté de lui pour boire le thé avec lui. Ouvert sur le monde et, semble-t-il intéressé à ce que je pense, il me questionne sur les raisons de mon voyage au Pakistan et mes impressions sur son pays, et m'informe ou plutôt me donne son opinion personnelle sur la situation politique du Pakistan vingt-cinq ans après l'Indépendance, vingt-cinq ans après la partition de l'Inde et le départ des britanniques. Il m'explique aussi que la région du Baloutchistan, qui a été attribuée au Pakistan lors de cette partition, est au bord de l'insurrection. De nombreux baloutches, dont il est l'un des chefs, n'acceptent pas ce rattachement et aimeraient former un nouvel état indépendant qui réunirait tous les baloutches, ceux du Pakistan, bien entendu, mais aussi leurs frères iraniens et afghans, car le Baloutchistan s'étale sur ces trois pays. Le gouvernement pakistanais n'est pas prêt à céder et à laisser sortir de son giron cette immense région et la tension monte dangereusement. De toute façon, ni les Iraniens, ni les Afghans ne seraient prêts à accepter la création d'un nouvel état qui les imputerait d'une partie de leur territoire. Ces pays, comme beaucoup d'autres dans le monde, s'arrangent très bien avec les frontières dessinées à la fin de la colonisation.

Un jour plus tard, après avoir traversé ces interminables déserts de cailloux et de poussière, le train atteint Quetta, la capitale du Baloutchistan pakistanais.

Mi-Août 1972, Quetta, Pakistan

Je suis, à partir de maintenant, livré à moi-même, j'ai définitivement quitté le chemin de Katmandou avec tout son système d'informations et de rumeurs. Finies les bonnes adresses et les plus ou moins bons petits tuyaux, fini le bouche-à-oreille et les signaux de fumée, une nouvelle expérience commence, une belle aventure peut-être, mais je me sens déjà très très fatigué, je ne me suis pas encore complètement remis de ma maladie intestinale et je commence à douter que j'arriverai à m'en remettre tant que je resterai en Asie. Une fois descendu du train, sale et fatigué, je trouve place dans un petit hôtel, le Taj Mahal. Le manager de l'hôtel, un jeune Afghan émigré qui parle parfaitement l'anglais, m'accueille très chaleureusement. Je me sens aussitôt agréablement en confiance.

Les journées à Quetta sont torrides mais cela me gêne moins qu'à Peshawar, l'air y est plutôt sec et par là beaucoup plus facile à supporter, je peux me balader à travers la ville sans peur de me noyer dans mes sueurs. Il n'y a malheureusement pas grand-chose à voir, à part les maisonnettes en terre et les mosquées, et encore des mosquées, et toujours des mosquées mais toujours pas de femmes dans les rues. Je passe mes soirées sur le toit de l'hôtel qui a plusieurs étages et est un des plus hauts bâtiments de la ville. Il m'offre ainsi une vue imprenable sur toute la ville, une ville qui, avec ses maisons basses en terre battue et à toit plat, ressemble un peu à Herat, les drapeaux des indépendantistes baloutches qui flottent un peu partout en plus. Quand les températures deviennent plus agréables et qu'il a fini son travail, le manager de l'hôtel monte sur le toit pour venir discuter avec moi de l'Europe, du Monde et de l'Univers. Il a l'esprit très ouvert et s'intéresse au monde moderne, à la technique et la science, à toutes les fantastiques découvertes qui sont en train de changer dramatiquement le monde qui nous entoure. L'électronique, l'énergie atomique, l'astronomie et toutes les autres sciences et techniques modernes, qu'il essaye, comme moi, de comprendre, le fascinent profondément.

Nous échangeons nos pensées sous l'immense couverture étoilée qui nous domine. Un jeune afghan déprimé par son entourage intégriste qui aimerait le couper du monde moderne, et un jeune européen, qui a déserté son pays et qui rêve d'un monde moins matérialiste, moins oppressant et moins destructeur, se réunissent pour ausculter le monde. Ces deux jeunes se rejoignent dans l'amour de la Connaissance, le plaisir du Savoir, la Liberté de penser et l'espoir d'un monde plus juste, plus équitable et plus libre. Nous ne sommes en fait pas si différents l'un de l'autre que cela le paraît, nous sommes, tous les deux des rêveurs. Nous rêvons d'un monde meilleur.

Un de ces soirs, assis sur le toit et buvant notre thé, nous remarquons un point noir sur le soleil couchant, il me demande si je sais quelle planète ou quel autre phénomène astronomique pourrait en être la cause, je n'en ai aucune idée et nous en débattons les hypothèses. Est-ce Vénus, Mercure ou une autre planète qui se plante entre nous et le soleil ou une tache sur la face du soleil, nous ne le savons pas et je lui promets de me renseigner et de l'en informer quand j'en aurai la possibilité.

Au cours de ces longues et agréables discussions sur la vie, la science et les humains, le manager d'hôtel me choque profondément en me demandant à plusieurs reprises de l'emmener en Europe avec moi. Il me propose même de devenir mon domestique. Le pauvre ! Il ne veut pas croire que je suis un pauvre français qui, dans son pays, arrive tout juste à subvenir à ses maigres besoins. Je me demande, avec tristesse, comment quelqu'un peut être si désespéré pour pratiquement s'offrir en esclave à un gamin qui n'a même pas vingt ans, simplement parce que ce pauvre mec de passage a eu l'immense chance de naître en Europe.

Non, ce n'est pas normal.
Il y a, sur cette terre, des trucs qui ne tournent vraiment pas rond et qui m'écœurent.

Le deal que j'ai passé avec mes parents, il y a quelques mois, me revient à l'esprit : « si je réussissais l'examen d'entrée à l'école d'informatique, qui venait juste d'ouvrir à Caen, la première école du genre dans toute la Normandie, ils signeraient les documents nécessaires pour que j'obtienne la majorité à dix-huit ans, ce qui m'éviterait d'attendre la majorité officielle, qui à cette époque était encore à vingt-et-un ans ». Un pari que j'ai gagné haut la main et qui m'a offert la liberté que je souhaitais obtenir. La bosse des maths, que certains me disent avoir, aura, au moins une fois, servi à quelque chose. Je suis aussi conscient que si j'avais comblé le vœu de mes parents et visité cet établissemnet, je serais devenu, après quelques années assidues dans cette école, un informaticien de première classe et cela à une époque où la majorité des français ne savaient même pas comment ce mot s'écrivait, ni ce qu'il signifiait. J'avais volontairement jeté aux poubelles une place de première classe dans l'ascenseur social, une garantie de gagner un fric dingue, le gros lot quoi ! Une bagnole, une maison et une femme qui m'y attend, un jardin et tout le reste : le parfait rêve américain, « The American Nightmare ». Oui, pour moi un cauchemar qu'il fallait éviter à tout prix mais pour ce jeune Baloutche, une chance inouïe, qu'il n'aurait, pour rien au monde, manquée. Le pauvre ! J'aurais bien aimé lui céder ma place mais le monde ne fonctionne pas comme cela et moi, ingrat Européen, je sais déjà avec certitude que je n'entrerai jamais dans cette école et que mon ami afghan n'aura, sans doute, jamais la chance de venir en Europe.

Ce Monde injuste m'écœure une fois de plus !
Mais je ne peux pas le changer.
Ce Monde ne m'intéresse plus !
Et je n'ai que foutre de la civilisation occidentale

166

et de son fric.

14 août 1972 :

25éme anniversaire de l'Indépendance. « *Independance Day, mais pas pour le Baloutchistan* ».

Me baladant un jour dans Quetta, je rencontre, par hasard, un groupe de français, des profs de géographie et d'histoire qui me disent faire un voyage culturel au Pakistan. Ils dorment dans le meilleur hôtel de la ville et paraissent trouver très amusant de rencontrer en plein Baloutchistan un jeune français déguisé en Afghan avec une gueule d'espèce de Jésus Christ déglingué et sans aucun doute pratiquement fou. Ces touristes me donnent plutôt la nausée mais je me tiens bien, espérant pouvoir obtenir d'eux un peu de littérature en langue française, car c'est la seule chose qui me manque vraiment en ce moment. Non, le contact avec des français ne me manque pas du tout, bien au contraire, mais la littérature, elle, me manque énormément. Je n'ai plus rien à lire, mais, pour mon malheur, ces c.... prétendent ne rien avoir de lisible dans leurs bagages. Je ne comprends pas comment on peut partir plusieurs semaines en voyage sans emmener quelque chose à lire. Drôles de profs, sans doute sont-ils analphabètes ou bêtes tout court. Je ne sais pas pourquoi, mais ces idiots de français me donnent envie de dégueuler. Et c'est ce que je ferai le soir même, en écrivant dans mon cahier de voyage une lettre ouverte à tous les ignorants

167

enseignants, quelques lignes acerbes sur ma rencontre avec ces imbéciles, sans oublier d'inclure dans mes anti-prières toute la France dégeulienne.

   15 Août 1972
« J'ai une monstre fièvre, je tousse et je crache. Mal à la tête, le corps sans force, j'ai hâte de gagner l'Iran et de le traverser au plus vite. »

Cela rend modeste de voyager;
on voit quelle petite place
on occupe dans le monde.

Gustave Flaubert,
Correspondance (1850-1854)

Baloutchistan, le Désert

Si j'ai bien compris les mecs de la Railway Station, le train de Quetta, pour Zahedan en Iran, ne part qu'une fois par semaine et il paraît que je viens juste de la rater. Je décide donc de prendre le prochain bus, car je n'ai pas envie de m'éterniser à Quetta. Et puis, le bus est plus près de la vie, on sent chaque kilomètre dans son corps et son esprit et on a plus de contacts avec les habitants.

15 Août 1972, Quetta, Pakistan

De bon matin, je dis au revoir au manager de l'hôtel, quitte le "Taj Mahal" et me dirige vers la gare routière. Le bariolé bus pakistanais se tient prêt à partir. Le conducteur n'autorise malheureusement personne à monter sur le toit comme c'était le cas jusqu'ici depuis l'Afghanistan, je suis donc bien obligé de monter avec les autres dans le fourneau et de prendre place sur une banquette en bois à l'intérieur de l'autocar.

Devant moi, le désert qui traverse le Baloutchistan, le désert de Kharan, un immense ensemble de montagnes et de dunes. Ça va être hot.

Le soleil est impitoyable, le silence impressionnant. Comment ne pas devenir fou dans cet enfer ? Comment supporter les dures banquettes en bois, les bosses de la route, la chaleur, la fatigue, la fièvre, le bruit du moteur, le manque d'air et de place et la soif, *La Soif* ? ..... Toutes les quelques heures, quand nous passons, comme par hasard, auprès de quelque puits isolé au milieu du désert, dans de tristes oasis sans aucune verdure et sans vie, un simple puits entouré de quelques maisons de terre ensablées qui semblent abandonnées depuis la fin des temps, l'autobus s'arrête pour un arrêt-boisson. À chaque fois, tous les passagers descendent et se ruent vers le point d'eau où un Baloutche nous attend, le gardien du puits, semble-t-il. Même si j'ai beaucoup de mal à me l'imaginer, mais dans cette région d'Asie, rien ne semble impossible, il semble vivre tout seul ici, dans cet univers hostile, et il se tient là, auprès de son puits, pour le défendre ou pour nous servir, pour un maigre salaire. Il remplit d'une eau jaunâtre au goût passablement neutre, mais je me fous de son goût, j'ai soif, un vieux gobelet en métal. Ce gobelet passe de main en main, de bouche à bouche, les voyageurs attendent patiemment leur tour mais quel que soit ma place dans cette sorte de queue qui se forme autour du puits, les pakistanais se démerdent à chaque fois à ce que je sois le dernier à pouvoir me rafraîchir de cette eau suspicieuse mais précieuse. Cela se passe comme ça deux fois, trois fois, quatre fois et je commence en avoir marre. Alors là, la cinquième fois, j'éclate ! Je saute hors du bus en premier et d'un pas rapide, j'accède au puits en vainqueur et prends le gobelet en premier des mains du gardien du puits qui semble pétrifié mais n'ose pas me le refuser. Je le vide goulûment et le lui redonne afin qu'il puisse le remplir à nouveau pour le suivant, qui me lance alors un regard meurtrier et incante une flambée d'appels à Allah en crachant à droite et à gauche pour, semble-t-il, exorciser le diable que je suis. Les pakistanais qui suivent font la gueule, ils se jettent des regards et se parlent, mais je ne comprends rien à ce qu'ils disent. Ils crachent, eux aussi et invoquent le nom d'Allah, croyant pouvoir se protéger, par leurs incantations, d'un possible empoisonnement de leur précieuse *eau de source* qui tout d'un coup ne serait plus saine ou sainte, puis boivent. Leur soif est bien trop forte. Ici, Allah ne me paraît plus "Akbar", la petitesse de ses disciples me déprime à nouveau.

Pauvre Allah !

Les yeux noirs et brillants des fumeurs de shit qui nous souriaient dans les villages afghans ont laissé place à des yeux noirs et agressifs qui me lancent des flèches mortelles. Vu la gueule des mecs, j'ai dû faire une grosse connerie et il se peut très bien que j'aie échappé de justesse à un lynchage. J'ai très probablement eu la chance que le bus ait été bien rempli. Il y avait sans doute trop de témoins, tous les voyageurs n'auraient peut-être pas été d'accord avec une brutale solution de leur dilemme religieux, ce que je remarquerai plus tard au cours du trajet.

En effet, lors de *l'arrêt bouffe* qui suit peu après, deux jeunes pakistanais de Quetta, qui parlent bien anglais, viennent vers moi et me tapent amicalement sur l'épaule, en signe de reconnaissance ou de connivence. Ils me sourient et me félicitent pour mon action effrontée envers ces vieux pakistanais qu'ils trouvent, comme moi, encroûtés dans leurs traditions religieuses moyenâgeuses, mais qu'ils n'oseraient pas aussi directement et si brutalement provoquer comme je l'ai fait, soit par respect pour la vieillesse, soit par peur de représailles.

Mais ces sales hippies ne respectent rien !

Ces jeunes m'invitent à manger et s'assoient démonstrativement à côté de moi. Nous mangeons ensemble et ils trouvent amusant que je sache si bien manger avec la main, comme un bon vieil afghan ou un paysan pakistanais. Ils me félicitent à nouveau pour mes manières et me questionnent tout naturellement, d'où je suis originaire et où je vais, où j'ai été, ce que j'ai vu, pourquoi je suis venu au Pakistan et comment je trouve leur pays, etc., etc. Je leur pose, moi aussi, quelques questions, ils me répondent, je leur souris, ils me le rendent. Ils me disent ensuite le respect qu'ils portent pour mon courage de m'être aventuré seul dans ce désert baloutche. Je ne l'avais jamais vu comme ça et cela me rend fier, bien sûr, mais, ce qu'ils prennent pour du courage, n'est qu'un acte inconscient, de l'insouciance pure, de la bêtise ou de l'ignorance, une action que je déclarerai, le soir même, dans mon journal de « *foutaise karmaesque* ».

Le conflit des générations, principalement le clivage entre les jeunes des villes et les vieux des villages, entre les religieux fanatiques et les "modernes" est chaque jour palpable, que ce soit dans les montagnes de l'Hindou Kouch ou au cœur du désert baloutche. Les jeunes pakistanais ont du boulot à faire, s'ils espèrent pouvoir un jour changer ces mentalités profondément ancrées dans leur société. Les problèmes ne sont, sans doute, pas prêts d'être réglés et il leur faudra beaucoup de courage. J'espère qu'ils y arriveront un jour et que la situation de ce pays s'améliorera. Je leur souhaite bonne chance.

Entre les arrêts-gobelet et les arrêts-bouffe ...... les arrêts-prière. L'esprit ici a aussi besoin de nourriture. Tous les voyageurs descendent du bus pour s'incliner devant leur "Créateur", dans le Vide et le Silence du désert. Je reste seul, à l'écart, étrange spectateur d'un monde qui me dépasse, je sens la force infinie du soleil qui pourrait me tuer et j'écoute le vent qui laisse les grains de sable murmurer à nouveau "Allahu Akbar". Mes compagnons de route prient. Entendent-ils aussi ces murmures ? Se laissent-ils en ce moment pardonner leurs péchés, comme d'avoir bu de la même tasse qu'un infidèle, ou implorent-ils leur dieu tout-puissant de me punir pour mon offense blasphématoire, ... Ou récitent-ils leurs mantras monotones par simple habitude comme des moulins à paroles ? Qui sait ?

Le bus continue sa route, une ligne droite qui coupe le désert et disparaît à l'horizon, à droite les dunes interminables, à gauche une infinité de sable. On ne peut pas s'y perdre, on peut juste y perdre la raison ou la vie. Pas besoin de fumer ici pour se transcender, le corps souffre de la chaleur, le cul et le dos ne supportent plus la pression des sièges en bois, mon corps dégarni gémit, mon cerveau s'évapore au soleil et mon esprit vagabonde dans l'infini de ce paysage martien.

Prière Désert

Heureusement, la nuit arrive et nous bivouaquons dans une oasis délaissée, un feu est allumé, le thé préparé. Le soleil disparaît à l'horizon, les températures chutent rapidement. La nuit devient même glaciale, un choc agréable au début, mais je ne suis pas habillé pour. Je me recroqueville dans mon duvet pour dormir, allongé sur le sol, derrière un muret qui me protège légèrement du vent. Je m'endors sereinement sous l'éclairage lunaire, c'est la demi-lune et ma première nuit dans ce désert infini, dans cet univers de rêve.

Le deuxième jour de bus est plus serein, le corps et l'esprit s'habituent un peu, les dunes s'allongent et sautent de nouveau autour de nous, nous croisons et doublons plusieurs caravanes de chameaux et de nomades qui paraissent savoir où ils vont, guidés par le soleil et les étoiles. Sinon, le même silence, le même soleil, le même sourire du chauffeur qui s'amuse à avaler les kilomètres et le sable du désert, les mêmes mirages. La fatigue et le ronronnement hypnotisant du moteur calment les esprits.

Nous atteignons, dans l'après-midi, le dernier village-frontière du côté pakistanais, une petite oasis, quelques petites baraques en terre. Le "douanier", qui officie ici, a installé sa table et sa chaise au milieu du désert baloutche, sous un mètre carré d'ombre sur la place du village, une parfaite et ubuesque mise en scène. Il prend mon passeport à l'envers et fait semblant de le décortiquer et de le comprendre. Il le regarde longuement, il semble qu'il n'en voit pas souvent des comme ça, ce pauvre fonctionnaire muté dans ce bled perdu. Il fouille mes bagages, peut-être espère-t-il trouver quelque chose de prohibé, mais il ne découvre malheureusement rien, pour qui il aurait pu m'extorquer un bakchich qui l'aurait au moins un tant soit peu remboursé pour ces mois ou ces années passées ici en exil. Il note dans son cahier toutes les informations importantes : « aujourd'hui 7 rajab 1392, un Français qui s'est perdu dans ce désert aimerait traverser la frontière et se rendre en Perse ». Il tamponne avec sérieux mon passeport et me le rend cérémonieusement.

Le chauffeur du bus a décidé de rester cette nuit au poste frontalier pakistanais de Nok-Kundi, au sombre milieu d'une tempête de sable qui fait rage et nous empêche de continuer notre route. Les voyageurs pakistanais, eux, ne s'intéressent pas à la tempête, ils ont d'autres problèmes, ils ne parlent que de passeport. La peur de ne pas être autorisés à traverser la frontière se lit dans leurs visages, ils n'ont pas l'air d'être tous sûrs d'y arriver, car les Iraniens ne rigolent pas.

Le lendemain, environ trois kilomètres après avoir passé la douane de Nok-Kundi, le bus s'arrête, des Baloutches arrivent en courant avec d'énormes paquets qu'ils entassent très vite à l'intérieur du bus et quelques heures plus tard, après avoir atteint Taftan (toujours au Pakistan ?), ils débarquent tous les objets qui doivent passer en fraude et les étalent autour du bus. Quelques bicyclettes arrivent et prennent en charge les énormes sacs et paquets. Ils les fixent avec art sur leurs deux-roues et disparaissent dans la nuit et le désert. Témoin, malgré moi, de ces curieuses scènes de contrebande, j'observe ce trafic qui dure jusqu'au lever du jour, une danse nocturne bien organisée.

Je vais entre-temps à pied jusqu'à la frontière iranienne qui est hautement protégée par des palissades et des barbelés. Un douanier iranien ouvre le portail grillagé pour me laisser entrer, il contrôle mes papiers et me mène au médecin sanitaire qui scrute et analyse méticuleusement mon cahier de vaccins. Celui-ci me fait même une prise de sang. Je ne sais pas pourquoi mais je le laisse faire, je n'ai pas vraiment le choix, car je veux à tout prix traverser cette frontière. Je n'ai pas envie de retraverser ce désert dans l'autre sens pour retourner à Quetta, retourner en Afghanistan par Kandahar et repasser en Iran à Islam-Qala. Je suis bien trop fatigué pour ça.

Du côté iranien, derrière les grillages et les barbelés, l'eau fraîche coule du robinet, un petit jeu d'eau chante devant des bâtiments administratifs éclairés. Incroyable ! De l'eau potable et de l'électricité au milieu du désert !

Ce que les iraniens mettent en scène ici n'est pas une frontière, c'est un cordon sanitaire, une ligne de démarcation entre le désert sauvage et naturel et la "civilisation" artificielle, une démonstration voulue de la supériorité de la civilisation perse. Les Iraniens que je rencontre derrière cette frontière ne cachent pas leur dédain pour les *barbares pakistanais*, ils ne se gênent pas de les traiter comme des êtres inférieurs. Je suis vraiment choqué ! Le petit normand que je suis croyait jusqu'à ce jour que le racisme n'était qu'une maladie de blancs, il reçoit ici une petite claque dans la gueule, une nouvelle leçon à réfléchir et à digérer. Une fois les formalités terminées, je retourne dans le tranquille et agréable village pakistanais pour dormir une dernière fois dans ce fantastique désert, une dernière nuit sous ce toit d'étoiles, filantes et fixes. Je rêve d'une pluie de comètes qui s'abattent sur la terre. Je me réveille et ouvre les yeux, la voie lactée est encore là.

Où ai-je passé cette dernière nuit ? Au Pakistan ? Dans le no man's land entre les deux frontières ? Je ne sais pas, je n'ai rien compris à cette drôle de frontière, mais qu'importe. De bon matin, un bus iranien me prend au Passeport Office, où j'avais été la veille me faire contrôler médicalement. Quelques kilomètres derrière la douane iranienne, à Miljaveh, les colis pakistanais, qui s'étaient hier soir évanouis dans la nuit du désert, réapparaissent, Abracadabra, et remontent dans le nouveau bus, pour être transportés à Zahedan où ils seront redistribués à quelques commerçants iraniens ou autres et revendus avec d'imposants bénéfices.

Le bus iranien, un moderne Mercedes-Benz sans foi ni âme, ne s'arrête même pas pour la prière, il est beaucoup plus confortable mais aussi beaucoup moins beau que le vieux bus pakistanais traditionnel, mais mes fesses maltraitées en sont reconnaissantes. Le désert, par contre, perd ici de sa grandeur. L'atmosphère, dans le bus, n'est plus la même non plus, je regrette presque ces paysans pakistanais qui auraient bien aimé me lyncher. Alors que les petits contrebandiers étaient totalement décontractés tant que nous étions encore au Pakistan, c'est la parano complète depuis que nous avons passé la frontière, les Baloutches courent et crient, le visage tiré, anxieux. La peur des flics et des indics du Schah se lit sur beaucoup de visages. Fini l'anarchie de l'Afghanistan et du Baloutchistan pakistanais, fini la folie du Pachtounistan. Ici, l'ordre règne, l'ordre de l'empire Perse et de son roi des rois, le shahinshah Muhammad Rizā Shāh Pahlavi, la "Lumière des Aryens". Ici, la SAVAK, sa redoutée police secrète, quadrille et terrorise le pays. Rien ne lui échappe, et je ne pense, moi-même, qu'à m'échapper rapidement de ce pays torturé.

18 Août 1972, Zahedan, Iran

« Arrivée à Zahedan, les prix ont doublé, l'alcool est en vente libre, beaucoup de mendiants, de bruit, presque la civilisation. »

Le soir, je sors me balader dans cette petite ville tranquille au milieu du désert, et vais m'acheter une bouteille de bière chez le sikh du coin. L'alcool est ici en vente pratiquement libre, mais reste officiellement tabou pour tous les musulmans, alors les sikhs indiens, venus ici il y a une cinquantaine d'années, peuvent en faire le commerce sans souffrir de la concurrence.

Qu'importe qui me la vend, elle est délicieuse !

« Toujours aussi chaud. Je me sens fiévreux, le ventilateur de l'hôtel n'arrive pas à rafraîchir mon corps malade. »

Mon journal de route

Les religions se dissipent
au souffle du vent
et nous sommes désormais les
seuls maîtres de nos destinées.

Louise Michel
Mémoires

Retour à la case Départ

Fin Août 1972, Iran

Je quitte vite Zahedan et prends le bus pour Yazd, ce qui me coûte plus de cinq dollars, une fortune, en comparaison aux prix afghans ou pakistanais. Yazd est une grosse ville oasis entre deux grands déserts, célèbre pour son "Temple du Feu" et les ruines de sa "Tour du Silence" où les vautours disparus, ces célèbres vautours sacrés, (*Esprits de Zarathoustra ?*), me poursuivent en pensée ... Ma tête fiévreuse explose et n'a en ce moment que peu d'intérêt pour l'histoire et la culture. Je ne passe qu'une nuit au Tagd Hotel sur l'avenue Pahlavi et continue, sans faire de tourisme, mon chemin, pour vite gagner Téhéran où je retrouve avec plaisir mon hôtel des mille et une nuits, le Baghdad Hotel, avec sa cour intérieure, son charme et son jeu d'eau calmant qui me laissent oublier le chaos de la ville et du monde. Je

181

peux enfin me reposer quelques jours avant de reprendre la route. Dans l'hôtel, trois jeunes allemands de Wuppertal et un hollandais de Groningen sont, comme moi, sur le chemin du retour et attendent que le "Vangölü-Ekspresi", la nouvelle liaison ferroviaire qui lie Téhéran à Istanbul, quitte son port. Mais le train ne circule qu'une fois par semaine et il me faut prendre mon mal en patience. Nous avons ainsi le temps de nous raconter nos histoires et nos exploits réciproques, de fumer ensemble les joints de l'amitié et d'échanger nos adresses. Des adresses qui me seront peut-être bientôt utiles. J'ai en effet déjà en tête le prochain "acte", la prochaine étape de ma vie. Les militaires français ne devraient pas tarder à m'envoyer mon ordre de marche pour que je rejoigne quelqu'une unité de l'armée française, et je dois me préparer à quitter le vieux pays où je suis né, la vieille France militariste et colonialiste qui enferme ses objecteurs de conscience dans des prisons le temps de leur service.

Je ne sais pas ce que cela leur apporte ? Sans doute juste une question de soumission. J'attends donc avec sagesse le jour du retour, au milieu des hippies de passage, pour la plupart des étudiants qui retournent en Europe après avoir passé leurs vacances sur les routes de Katmandou. Le retour est flippant, mais le bon shit et les copains de voyage adoucissent les sensations négatives. Dans le hall de la gare de Téhéran, de nombreux freaks se sont massés devant le guichet et essayent d'obtenir les derniers tickets pour Istanbul ; je présente ma fausse carte d'étudiant, achetée à l'aller à Istanbul et qui devrait me servir pour la première fois, au mec du guichet, les contrôleurs et guichetiers sont d'habitude bien plus sourcilleux mais ma carte est acceptée sans problème, peut-être ont-ils l'ordre de nous laisser disparaître aussi vite que possible de leur pays. Il faut dire que les fausses cartes sont ici majoritaires et, de ce fait, font plus vraies que les vraies. Je peux ainsi acheter mon billet à moitié prix, dix Dollars pour traverser la moitié de l'Iran et, d'est en ouest, toute la Turquie, le prix est OK. Le fric, qui me reste, devrait suffire pour retourner en France.

Le jour du départ arrive. Accompagné par mes amis allemands et hollandais, nous gagnons la gare et nous nous entassons dans un compartiment du train avec quelques turcs qui reviennent de faire du business à Téhéran. La route se fait comme dans un rêve. Un mauvais ? Je ne sais pas. Mon cerveau n'a pas encore digéré toutes les images de ces derniers mois. Je m'endors, je me réveille, j'ouvre les yeux, je ne sais plus où je suis. Où vais-je ? Ai-je rêvé ? Vais-je me réveiller sur la tête de Bouddha, un chilom dans la main ? Où est Pierre ? Pourquoi n'est-il pas dans ce train ? Où est-il en ce moment ? A-t-il enfin atteint Katmandou ? La réalité se défile comme les kilomètres. Nous rentrons en Turquie sans soucis et atteignons enfin, après plus de 24 heures de quasi asphyxie, d'ankylose, de rêves, de cauchemars et de sueurs collectives dans ce compartiment bondé, le lac de Van.

Arrivés au lac, les contrôleurs et les passagers qui connaissent déjà le cérémonial nous poussent hors du train avec nos baluchons. Perdu dans mes rêveries et un peu paumé, j'ai du mal à comprendre ce qui se passe, je suis le mouvement et me retrouve dehors, comme tous les autres voyageurs. Un bateau nous attend pour nous emmener je ne sais où. Je me sens un peu paumé, je ne savais rien de ce drôle de transfert au milieu du pays mais je fais comme les autres, je suis la masse et monte sur le bateau où nous prenons tous place. Pendant ce temps, wagon après wagon, le train est démonté et encastré dans le ventre du ferry et une fois terminé ce travail, le ferry s'élance dans la traversée du lac. Tout bien fait, un agréable changement, après toutes ces longues heures passées dans cet exsangue compartiment. Je peux enfin respirer sans étouffer, boire et manger sans me serrer les coudes.

Je vais prendre l'air sur le pont du bateau pour y fumer, un vent frais me caresse.

Après sept heures de navigation sur cet immense lac, presqu'une petite mer, la mer de Van, *Van Deniz*, creusée par la nature à 1700 mètres d'altitude, au cœur de la Turquie, nous atteignons Taftan. Nous redescendons du ferry et attendons patiemment la reconstitution du train pour remonter dans le monstre de fer. Nous attendons tranquillement quand, tout d'un coup, les passagers turcs et iraniens commencent à s'agiter et se mettent à courir comme s'il y allait d'une question de vie ou de mort, comme s'il n'y avait plus assez de place pour tout le monde dans le prochain train, qui devrait pourtant être le même que celui qui nous a transporté jusqu'ici. Nous courrons avec eux, bien entendu, et comme nous sommes plus jeunes et n'avons pas beaucoup de bagages, à la différence d'eux qui paraissent transporter tous les biens de leur vie, nous atteignons très vite notre wagon ou un autre, ils se ressemblent tous. Deux de nous se frayent un passage à travers le couloir, déjà embouché par des sacs et des colis, jusqu'à un compartiment vide, nous leur passons alors tous les sacs à travers la fenêtre, y rentrons et pouvons ainsi terminer assis notre voyage.

Après avoir passé trois jours assis dans le train, nous sommes heureux de pouvoir enfin retrouver un lit confortable dans le Baleksir Student Hotel d'Istanbul.

28 Août 1972, Istanbul, Turquie

"Istanbul,
Quel bruit, quelle nervosité.
Les gens sont fous ici.
Le Pudding-Shop pue comme un charnier,
comme un dépôt d'ordures.
Istanbul me donne le mal de tête.
Je prends demain le train pour Munich."

Après une nuit de repos, ma dernière nuit en Asie, je repars avec mes amis allemands et hollandais vers Munich. Le train saute au-dessus du détroit de Bosphore, traverse la Bulgarie communiste, où des soldats en armes nous interdisent de descendre du train, puis la Yougoslavie et l'Autriche pour enfin atteindre la capitale de la Bavière, où nous nous séparons définitivement. Mes compagnons de route

185

prennent ensemble un train en direction de Cologne et je reste seul sur le quai.

Septembre 1972, Munich, Allemagne

Je suis complètement crevé et je ne retrouve plus l'énergie nécessaire pour sortir de cette immense ville et recommencer à faire du stop, alors, après m'être renseigné sur le prix d'un billet de train, j'arrive à convaincre ma mauvaise conscience, sans m'enfoncer dans de profonds conflits intérieurs, à faire ce choix bourgeois mais libérateur. Je gratte mes derniers sous pour acheter un ticket pour Caen et attends sagement le départ de mon train pour Paris. Je m'assois donc sur les marches de la gare de Munich, me roule une cigarette et regarde les voyageurs qui passent devant moi, principalement les jeunes filles, en mini-jupe ou en jeans. Cela fait des mois que je n'ai pratiquement plus vu de visages ni de jambes féminines et je suis ébloui. Qu'elles sont belles et libres ! Mais par contre, fumer des joints dans les lieux publics et devant les flics est terminé, mais même sans joint, les flics allemands me font chier et me chassent des escaliers. Ma gueule de hippie dégueulasse ne leur plaît pas. « *VERBOTEN !* » D'accord, mon corps rongé par les maladies tropicales, enroulé dans des fringues afghanes qui supporteraient bien un petit nettoyage, mes pieds nus, noircis par le soleil du désert, dans des sandales d'un autre monde que les allemands appellent *Jesus Latschen*, mes yeux crevés par la fatigue et mon esprit embrumé qui vagabonde encore dans un autre

186

univers, ne sont pas ce que les bavarois préfèrent chez les touristes qui viennent visiter leur ville.

Bienvenue en Europe.
Bienvenue dans la « Civilisation ».

Après plusieurs mois dans un univers anarchique, le vieux monde que j'avais quitté et oublié me frappe de manière brutale.

Les flics, les chicanes.
La connerie revient au galop !
Je le sens venir, ça va être dur, très dur !

Mon trip personnel arrive lentement à sa fin et j'espère que ce ne sera pas un *bad trip*.

Et puis, après ce choc des civilisations dans la gare de Munich : le blackout total ! J'ai dû monter dans le train qui devait m'emmener en France, changer de gare à Paris pour en prendre un autre qui dessert la Basse Normandie, le train pour Cherbourg qui normalement s'arrête à Caen. Je ne me rappelle plus de rien, que de mon réveil dans le compartiment lors d'un arrêt en gare. Encore tout paumé, la fatigue de dix mille kilomètres de route dévorés en quelques jours ne se dissipe pas en quelques heures de sommeil, je jette un regard à travers la fenêtre, je lis « Valognes », je réfléchis un instant, « Valognes ? ». Mon cerveau n'est pas encore très rapide. « Valognes ! Merde ! ». J'ai raté l'arrêt de Caen ! Je descends en vitesse du wagon et pense pouvoir reprendre le prochain train dans l'autre direction pour regagner ma ville natale, Caen, mais pas de chance, les fonctionnaires français aiment me faire chier, ils n'aiment pas, eux non plus, les gueules de hippies, même si beaucoup, qui travaillent à la SNCF, comme mon oncle Gérard, ont leur carte du parti communiste ou du moins de la CGT. Mais cela ne m'étonne pas du tout, ces staliniens nous ont déjà laissé tomber en 1968 et nous n'avons rien à attendre d'eux. Le gardien de la gare me demande mon ticket et exige de moi que je paye le supplément Caen-Valognes, j'ai beau lui dire que je suis en route depuis une semaine et que je me suis endormi si profondément que j'ai raté l'arrêt et que je veux juste retourner à la maison. Il n'y a rien à faire, il veut son fric, mon fric, tout ce qui me reste en poche, je paie donc pour mon sommeil et comme il ne me reste plus assez pour me payer le ticket de retour Valognes-Caen, je suis bien obligé de rentrer en auto-stop. Je marche alors jusqu'à la sortie de Valognes, une petite ville de la Manche qui se laisse heureusement vite traverser, et tends mon pouce envers les conducteurs normands qui ne sont pas connus pour être de grands amoureux des voyageurs chevelus ou échevelés, surtout quand ils ont ma gueule et mon allure. Heureusement, la poisse semble ne plus me poursuivre, car un mec sympa s'arrête pour me prendre et il s'avère, comme un étrange hasard le veut, que c'est un copain de Régine. Un incroyable hasard, car de tous les copains et copines que je connais à Caen, je n'en connais aucun qui possède une bagnole et très peu qui ont leur permis de conduire, c'est vraiment le premier.

188

Il me raconte tout ce qui s'est passé les derniers mois, les manifs et autres actions, non-violentes ou presque, ainsi que les petites histoires et potins des cliques de Caen. Je peux à nouveau sourire et rêver en laissant devant moi défiler le beau paysage normand. Que c'est vert, ici ! Il me transporte directement, comme dans un fauteuil, jusqu'à la rue des Boucheries à Caen. Régine la trapéziste, Adèle l'Italienne, Montse l'Espagnole, et Jean Michel, qui veut bientôt partir pour le Brésil, sont tous là, assis autour de la table de la cuisine. Je me réjouis de revoir tous ces amis qui mes sont chers et je leur raconte, en buvant mon thé, ma folle aventure. Ils paraissent impressionnés par mes histoires, m'écoutent sagement puis me racontent les leurs. Nous restons assis toute la soirée ensemble, nous écoutons de la musique, nous nous amusons, nous rions mais, en réalité, je ne suis pas encore entièrement arrivé. Je rêve encore.

Une partie de moi est encore
Sur la Tête de Bouddha !

Mais je sais déjà que je n'aurai plus besoin de repartir si loin pour chercher le bonheur ou me chercher moi-même. C'est ici, en Europe, qu'il me faudra continuer à chercher. C'est ici que nous devons construire notre futur. C'est ici que nous devons nous battre pour changer ce monde et y prendre la place qui nous revient.

— Mort. — Qu'on l'enferme! ... la bouche

et les autres ... — Et c'est Dieu?

— Dieu ne serait pas ... Que pouvait-il être ...

pour ... le ... sinon un jour ...

... le monde ... un dieu divin ...

— Trop d'imagination nuit au sommeil ...

... décapiter le ... pesamment ...

et, si l'on est fou, qu'on l'enferme ... les prisons

17 juillet

— Ils ont ... la ... par ... en foule

... et puis ... doux ...

... la grande ... débite ... et noirs ...

... tout ...

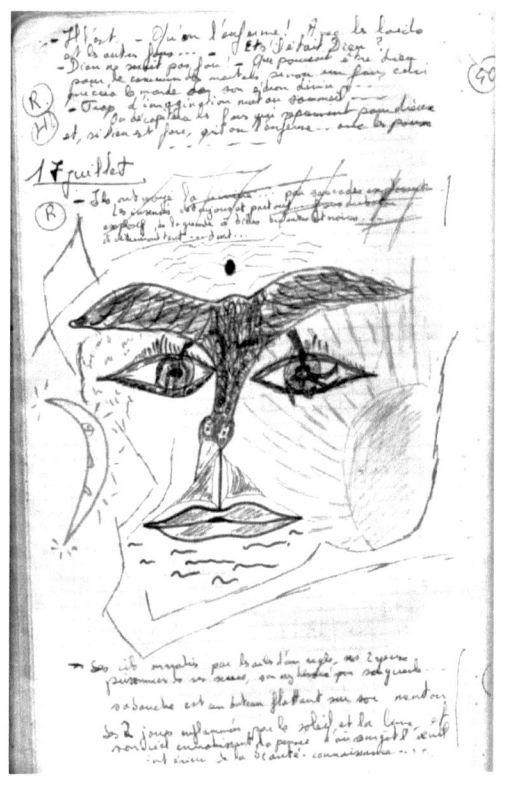

→ Ses yeux ... par les ailes d'un aigle, ses 2 yeux

... ses ... on ... pour ses grands

... est un tableau flottant sur son ...

... 2 jours enflammés par le soleil et la lune, c'est

... pour ... au ... d'une

... vivre de la Beauté connaissable ...

Être heureux c'est se faire de beaux souvenirs ...
Car, après tout, notre passé n'est pas un pur néant.
Il n'est mort que dans le monde de l'objectivité.
En nous il vit encore. Mieux, il est nous.

....

Bien malheureux celui qui n'a pas le temps
de se pencher sur son passé.

Jean Cazeneuve
Bonheur et civilisation

Cinquante Ans plus tard

Dix, quinze, vingt, cinquante années sont passées, mais des fils invisibles me relient encore à ce monde perdu, comme si des synapses de mon cerveau, restés à jamais dans ces pays, envoyaient encore régulièrement leurs signaux lumineux et que les liens indivisibles qui me relient avec tous ces hommes, avec qui j'ai eu des contacts personnels, ou avec toutes ces femmes, que j'ai simplement vues passer comme des ombres, ne pouvaient être effacés. Tous les mois passés dans ces pays, toutes les rencontres faites, toutes ces situations, parfois dangereuses, souvent invraisemblables, toutes ces extrêmes sensations, tous ces paysages de rêve, toutes ces images ont laissé des traces profondes qui restent à jamais brûlées dans mon esprit. Il semble que je suis à jamais lié à ce

monde par un cordon ombilical, à travers l'espace et
le temps.

Et .... Quand des années plus tard, des catas-
trophes naturelles ou des folies humaines déchirent
ces pays, quand des enfants y souffrent ou y meurent
sans raison, quand des femmes y sont massacrées ou
défigurées, quand des hommes y sont mutilés et détruits, physiquement ou mentalement, cela ne me
laisse jamais indifférent, je le ressens même dans
mon corps.

26 Février 2001, Afghanistan

Le Pachtun Mohammed Omar, mieux connu sous
le nom de Mollah Omar, qui depuis 1996 dirige
l'Emirat Islamique d'Afghanistan, dit avoir vu en
songe un ange lui apparaître qui lui a intimé de détruire les bouddhas de Bâmiyân parce qu'ils sont une
insulte à l'Islam. Il émet alors une fatwa décrétant la
destruction de ces statues, sous prétexte qu'elles représentent les dieux des infidèles et sont de ce fait
incompatibles avec les prescriptions de la charia.
Une semaine plus tard, les talibans tirent au canon et
à la roquette sur les Bouddhas et donnent l'ordre aux
artificiers pakistanais et saoudiens de détruire à l'explosif ce qui reste des deux statues.

Ce que tous les iconoclastes qui avaient traversé
cette vallée, les dix siècles derniers : les Arabes, les
Turcs, les Mongoles, les Anglais et les Russes et j'en
oublie certains, ce qu'ils n'avaient pas achevé le fut
le 10 Mars 2001. Mollah Omar dira que ce ne sont
que des pierres et Mohsen Makhmalbaf écrira que

« les bouddhas n'ont pas été détruits, ils se sont écroulés de honte ». Qu'importe qui a raison ou qui on préfère croire, une chose est sure : plus jamais personne n'ira fumer un joint *Sur la Tête de Bouddha*. Un privilège et un bonheur que peu ont jamais eu, avant ou après moi, et une des raisons qui m'ont poussé à écrire ce livre.

Pour ne pas oublier !
Pour que Personne n'oublie !

Pour laisser les derviches nous envoûter par leurs danses atomiques et faire ressusciter les Bouddhas aveugles de Bâmiyân, afin que leurs regards perdus pansent les plaies de ce pays.

Qui oserait, en effet, encore souffler son OMMMMMMM en se promenant devant les falaises et les niches vidées de leur esprit ? Les bouddhas ne sont plus là et ceux que l'on nous vend aujourd'hui sur les marchés d'Asie, d'Amérique ou d'Europe sont en plastique et produits à la chaîne, tamponnés *Made in China,* puis exportés dans le monde entier pour décorer les salles de bain, les chiottes ou les jardins.

Quant à « Allahu Akbar », ce mantra sacré, personne ne le prononce plus sans agiter une Kalachnikov entre ses mains et crier haut et fort sa haine. Cette expression de reconnaissance de la beauté du Monde et de la grandeur de l'Univers est devenue un slogan meurtrier.

Allahu Akbar Boom !
Quels blasphèmes !
Quels tristes temps !

Et le 9 Septembre 2001, le légendaire « Lion du Panchir », le commandant Massoud, qui s'est battu pendant des années contre les soviétiques et plus tard contre les talibans, est tué par Al-Qaida dans un épouvantable attentat-suicide. Deux jours plus tard, le 11 Septembre, un jour avant mon anniversaire, un avion s'écrase sur une des tours du World Trade Center, puis un deuxième et en réponse, début octobre, les premiers "missiles de croisières"[10] américains tombent sur le sol afghan et quelques mois plus tard, des GI américains vont faire du pédalo sur les lacs de Band-e Amir. La folle Kaboul, elle, est presque complètement détruite. Les pierres, bien sûr, n'ont pas souffert, au contraire du peuple afghan qui ne cesse de saigner depuis notre passage.

Mais qu'a t'on fait de notre paradis ?

Où sont passés les derniers Humanoïdes, ces irréductibles qui résistaient encore à "la pensée unique" du capitalisme rampant grâce à leur potion magique ? Sont-ils tombés dans le piège des talibans et de Bin Laden qui aimeraient leur faire croire qu'ils feraient de fantastiques moudjahidines ou de glorieux martyrs ?

Que sont devenus nos musiciens et nos danseurs derviches ? Notre divin "Fumeur de Merde" est-il encore en vie ? Ont-ils fini décapités sur la grande place

---

[10] *Quelle belle langue que la langue française, même les noms des instruments de mort sonnent comme des objets de plaisirs*

194

d'Herat ou ont-ils réussis à se mettre avant en sécurité ? Je crains bien que mes doux rêveurs y aient perdu la tête.

Qu'est-il arrivé aux habitants de ces villages ou villes moyenâgeuses pour qui nous avions un énorme respect, et qui nous avaient acceptés comme nous étions, avec, peut-être un petit regard amusé et dont nous avions, je crois, gagné le respect, un respect mutuel, car ils avaient lu dans nos regards et nos actes que nous les acceptions nous aussi, très simplement, tels qu'ils étaient, sans esprit de supériorité. Nous avons mangé avec eux les repas les plus simples, assis en tailleur sur le sol ou sur un charpoy dans les chaikanas les plus modestes. Nous nous sommes nettoyés le cul comme eux avec la main gauche, dans les mêmes non-toilettes, car on ne trouvait nulle part ici, que ce soit en Afghanistan ou dans les montagnes pakistanaises, à part dans les très grandes villes comme Kaboul, Peshawar ou Lahore, de papier-cul. Il n'y avait de toute façon ni canalisation, ni eau courante ou potable. Nous dormions aussi le plus souvent sur le sol, comme les plus pauvres ou sur un charpoy primitif avec les marchands et les voyageurs. Nous ne nous sommes pas conduits comme des envahisseurs ou des colonisateurs, nous n'avons pas essayé de les éduquer ou de les missionner. Nous n'avons jamais insinué que notre civilisation était la meilleure, bien au contraire, c'est nous qui nous sommes adaptés autant que possible à leur rythme de vie et essayés de parler leur langue, avons enfilé leurs vêtements, avons appris à nous asseoir accroupis comme eux et à manger avec notre main droite en laissant glisser entre nos doigts les boules de riz avant de les pousser avec notre pouce directement dans notre bouche, à boire le thé à l'afghane ou traditionnellement. Je n'oublierai jamais leurs regards indulgents et leurs sourires complices comme un grand-père qui regarde ses petits-enfants faire des bêtises et tâter ses limites. Non, je n'oublierai jamais leurs regards amusés ou curieux, leurs sourires compréhensifs pour notre fougue adolescente et peut être même pour notre folie.

Ils savaient que nous venions d'un autre monde, un monde où chacun sait lire et écrire, d'un monde d'un luxe impensable, un monde où, dans leur fantaisie, nous devions tous avoir un domestique personnel pour nous torcher le cul, un monde où nous vivions comme le roi d'Afghanistan, à la seule différence près que le roi d'Afghanistan, lui, ne serait jamais venu s'asseoir à leur table pour y manger quelque kebab graisseux. Nous, nous le faisions sans faire de chichi et sans arrière-pensée et nous essayions de respecter leurs coutumes et traditions. Parfois ils se marraient et se foutaient de nous, mais sans grande méchanceté. Il est vrai que nous n'étions pas toujours à la hauteur et ne rations presqu'aucune gaffe, aucun faux-pas. Nous les avons sûrement aussi divertis et amusés, nous, visiteurs exotiques qui nous sommes perdus dans leurs montagnes, comme des ours bruns dansant la carmagnole.

Les Afghans n'ont, aujourd'hui, plus rien à rire. Ceux qui leur rendent visite arrivent avec des pistolets-mitrailleurs ou, s'ils ont de la chance, avec des seringues et des médicaments. Le passage des Hippies n'est resté qu'une anecdote vite oubliée, une parenthèse de l'Histoire, une note au bas d'une page ensanglantée. Les révolutions de palais, les guerres fratricides, les attentats-suicides et autres actions terroristes, ainsi que les exodes qui ont suivi, ont meurtri tout le pays. Les russes, les talibans, les américains et les autres guerriers de l'OTAN ainsi qu'Al-Qaïda et les ultra-fanatiques de Daech y ont laissé et y laissent aujourd'hui encore une empreinte bien plus profonde, des ruines et du sang, des cicatrices inguérissables qui s'étalent jusqu'au milieu des falaises de Bâmiyân où les Bouddhas ont été détruits par des idiots et jusqu'aux lacs de Band-e Amir, profanés aujourd'hui par des cygnes roses à pédales. Ce qui a été l'apothéose de notre Voyage est à jamais détruit et, depuis, comme l'a si bien écrit Siba Shakid, « Dieu ne vient en Afghanistan que pour pleurer » et je pleure avec lui quand je vois les actuelles images de Bâmiyân ou des lacs.

Quelle Nausée !
Et ce n'est malheureusement pas fini !

Et le peuple afghan n'est pas le seul à souffrir.

Pakistan

Le martyre du peuple afghan ne connaît pas de frontières et trois millions d'Afghans ont quitté leur pays. Peshawar est aujourd'hui la deuxième ville afghane, juste derrière Kaboul depuis que près d'un million d'Afghans s'y sont réfugiés et essayent d'y survivre.

La vallée de Swat, la *Suisse du Pakistan*, notre petit paradis dans les montagnes, a été plusieurs années sous le joug des talibans et la charia y a régné sans pitié et règle aujourd'hui encore la vie quotidienne. À Mingora, ce village de la vallée de Swat où les femmes y étaient, comme en Afghanistan, pratiquement absentes de la vie quotidienne, est née, vingt-cinq ans après notre passage, un jour de juillet, une petite fille, dénommée Malala qui sera, quatorze ans plus tard, honorée par le prix Simone de Beauvoir. Une année après la remise de ce prix, les talibans l'ont agressée et gravement blessée. Elle a heureusement survécu à cet attentat et a reçu en 2014 le Prix Nobel de la Paix et est ainsi devenue la plus jeune lauréate de l'histoire. Elle vit aujourd'hui en Angleterre avec sa famille.

Malala qui est née à Mingora et y passa son enfance a eu une autre vision de Butkara que la mienne. Elle nous la raconte ainsi : « Près de notre maison, s'étendait un champ semé de ruines mystérieuses, statues de lions accroupis, colonnes brisées, sculptures sans têtes, et, plus étrange que tout, une centaine d'ombrelles en pierre .... Nous adorions jouer à cache-cache dans les ruines de Butkara où les rois et saints bouddhistes sont ensevelis. ..... Mon père a écrit un poème, "*Les Reliques de Butkara*", qui résume à la perfection la coexistence possible entre le temple et la mosquée.

> *Quand la voix de la vérité s'élève*
> *des minarets,*
> *le Bouddha sourit*
> *et la chaîne brisée de l'histoire est*
> *reconstituée. »[11]*

Le père de Malala, qui avait 3 ans quand je suis passé à Mingora devait avoir beaucoup de fantaisie ou être un inguérissable optimiste, car je n'ai pas rencontré de Bouddhas souriants en pays musulman, ni à Bâmiyân en Afghanistan, ni à Mingora au Pakistan, ils avaient plutôt la tête arrachée, explosée ou le visage défiguré par les balles.

Et le massacre culturel n'est toujours pas terminé.
Inch'Allah.

Ai-je un jour, lors de mes promenades dans Mingora et Butkara, rencontré les parents, les grands-parents ou un des bourreaux de Malala ? C'est improbable mais pas totalement impossible car ce n'étaient à l'époque que de petits villages où chacun connaissait chacun. Malala est aujourd'hui une icône internationale pour le droit à l'éducation des femmes. Bien qu'elle se soit maintenant trop éloignée du Pakistan

---

[11] « Moi, Malala. Je lutte pour l'éducation et je résiste aux talibans » de Malala Yousafzai, Hachette, 2014

pour pouvoir espérer y jouer un rôle important, elle reste néanmoins une lueur d'espoir dans les pénombres du fanatisme islamique, dans un pays qui appartient aux plus pauvres du monde mais est toujours obsédé par son haï voisin, son cousin indien et préfère investir ses ressources dans la bombe atomique que de nourrir et d'éduquer ses enfants.

Quetta

La situation au Baloutchistan n'est guère meilleure. La petite ville provinciale de Quetta qui abritait 150.000 habitants en 1972 est devenue une grande ville de plus d'un million d'habitants. Le soulèvement baloutche qui, un an après ma rencontre avec un leader indépendantiste dans le train qui me menait de Lahore à Quetta, fit 8000 morts, est une vieille histoire. Les Baloutches ne sont maintenant plus majoritaires dans cette région, les réfugiés afghans, en majorité des Pachtounes, ont chamboulé la démographie et l'esprit de cette région. Mon passage y serait aujourd'hui pratiquement impossible. Les écoles coraniques, les madrasas, financées par l'Arabie Saoudite endoctrinent les enfants en leur offrant quelques repas et les fanatiques musulmans y dictent la vie de tous les jours, la vie de tous les hommes. Les jeunes qui ne peuvent plus le supporter et en ont le courage fuient le pays et prennent le même chemin que j'ai pris, il y a cinquante ans, pour retourner en Europe.

Je les ai rencontrés à Calais, il y a quelques mois. Les pauvres jeunes, perdus dans leurs pantalons bouffants se baladent dans le parc de la ville sous le regard peureux des *Bourgeois de Calais,* un groupe de six martyrs, les pieds nus et la corde au cou, que Rodin a sculpté pour la ville de Calais, une statue commémorative qui est devenue prémonitoire. Ces jeunes se battent chaque jour pour survivre et essayent de grimper, sans se faire attraper, dans un camion qui les transportera en leur terre promise, leur Katmandou, leur Mecque : Londres.

Baloutchistan

Ma traversée du désert au Baloutchistan et ma soif insatiable d'alors, ainsi que l'incompréhensible *Choc des Civilisations* qui en suivit, me reviennent en mémoire en entendant, un jour à la télé, Asia Bibi raconter son histoire, une histoire qui ressemble étrangement à la petite aventure que j'ai vécue dans le désert et qui, semble-t-il, aurait pu me coûter la vie.

« Il fait 45 °C ce jour-là, dans ce champ du Pendjab. Asia Bibi cueille des baies depuis plusieurs heures. Une récolte éprouvante, mais Asia et son mari ont cinq enfants à nourrir. Vers midi, en nage, Asia va jusqu'au puits le plus proche, prend un gobelet et boit de l'eau fraîche. Un verre, puis un autre. C'est alors que sa voisine par jalousie, par méchanceté ou par bêtise religieuse ou personnelle crie que cette eau est celle des femmes musulmanes et que

Asia Bibi, chrétienne, la souille en s'en servant. Le ton monte… Et soudain, un mot fuse : « Blasphème ! ». Au Pakistan, c'est la mort assurée. Le sort d'Asia est scellé »[12]

C'était le 14 juin 2009. Asia Bibi est jetée en prison. Un an après, elle est condamnée à être pendue et passe plusieurs années dans une cellule sans fenêtre. Sa famille, menacée par les extrémistes, a dû fuir son village. Dix ans plus tard, elle est enfin libérée et exfiltrée au Canada où elle obtient l'asile politique. Dix ans de prison et l'exil à vie pour un gobelet d'eau fraîche. Drôle de loi !

J'ai, à l'époque, vraiment eu de la chance. Peut-être n'ont-ils pas osé, parce que ma peau n'était pas aussi foncée que la leur et que tuer un européen était alors châtié beaucoup plus sévèrement que le meurtre d'un voisin. Karma, peut-être.

Le peuple pakistanais aurait mérité mieux
Le peuple iranien aussi.

Iran

Sept ans après notre passage, les espoirs d'émancipation des jeunes iraniennes et les rêves de liberté des jeunes iraniens, qui se rassemblaient autour de nous pour discuter et fantasmer, ont été balayés par la révolution islamique. Messieurs les ayatollahs

---

[12] Blasphème d'Asia Bibi
Edité par Ed. de la Loupe. Guérande, 2011

« *fricoti fricota* », qui ont chassé le Shah et ont au début été fêtés comme des libérateurs, ont vite montré leur véritable visage. Leurs soi-disant *Gardiens de la Révolution* font maintenant régner la terreur sur le pays et les jeunes qui ont perdu tout espoir que cela change un jour ont eux aussi, s'ils en ont les moyens, pris le parti de quitter leur pays. Et ceux et celles qui ne voulaient pas abandonner leur combat pour la liberté ont été depuis emprisonnés et châtiés. Comme le rapporte Manoocher Deghati qui en 1982 est entré dans la tristement célèbre prison d'Evin et y a photographié les femmes qui attendaient la mort : « D'après la loi islamique de l'État chiite iranien, les femmes encore vierges ne peuvent être exécutées. C'est pourquoi elles doivent avant cela être violées. ». Pour expliquer correctement le fonctionnement de cet acte sans en diminuer l'horreur : les femmes sont mariées de force, un jour avant leur exécution, afin de pouvoir ensuite les tuer légalement. J'ai peine à le croire, mais ceux qui connaissent les Ayatollahs et leurs serviteurs savent qu'ils en sont absolument capables.

Quelle Horreur !

Quand je discute, aujourd'hui, avec de jeunes iraniennes et iraniens qui étudient ou travaillent avec moi à l'université de Essen, quand je leur dis que j'ai passé plusieurs jours en Iran en 1972, leurs yeux brillent et ils me disent, avec mélancolie et sans sourciller : « *Ah, cette époque ...... c'était l'Age d'Or de l'Iran* ». Je ne réponds rien, car je me sens, d'une certaine manière, un peu responsable. N'étais-je pas, à l'époque, comme Benno Ohnesorg et beaucoup d'autres, un fervent adversaire du Chah d'Iran et un partisan de son évincement, si nécessaire par une révolution. Une révolution de plus dont on aurait pu se passer et je me demande maintenant laquelle a été vraiment bénéfique. Très peu me viennent à l'esprit.

J'espère que mes amis iraniens me pardonneront. Ce n'est vraiment pas ce que je souhaitais pour eux !

Allemagne, 2020

Nous sommes maintenant en 2020 et j'ai une dernière pensée pour tous mes amis afghans, pakistanais et perses.

Qu'ont-ils dû supporter toutes ces dernières décennies, quel calvaire, quelle force d'esprit ont-ils été obligés de mobiliser pour se battre contre tous ces brutaux fanatiques, tous ces ennemis de la liberté. C'est cette résistance indestructible qui me redonne espoir, ces discussions sans tabous avec tous ces esprits libres qui ont quitté leur pays mais y ont encore des liens très forts. Farzad, chassé d'Afghanistan par les chars russes et qui est maintenant professeur dans une grande université allemande. Navid qui a fui la terreur des talibans avec ses parents et ses deux jolies sœurs alors qu'il avait treize ans. Ses parents ont obtenu l'asile politique en Allemagne et Navid a appris en quelques mois la langue allemande, a rattrapé en très court temps son retard scolaire et passé son bac sans problème. Il étudie aujourd'hui la physique à Essen. Maryam, elle, a fui l'Iran avec son petit ami avant que les mollahs ne puissent les étouffer. Elle vit aujourd'hui en exil aux États-Unis et poste de temps en temps de belles photos d'elle et de son ami au cœur des merveilleux paysages de leur nouvelle patrie. J'ai encore une dernière pensée pour tous ceux de mes amis qui ont fui les dictatures ou les horreurs de la guerre et de la terreur, tous unis dans notre amour de la liberté et notre haine de toute forme de fanatisme, de toutes sortes de dictatures.

Bien sûr, nous étions très naïfs et je le suis certainement encore beaucoup trop, mais je me demande quand même si nous n'avions-peut-être pas totalement tort et je me questionne aujourd'hui, comme il y a cinquante ans :

"Who was the fool in this game ?"
Qui était le fou, dans cette folle histoire ?

Moi, avec mon déguisement d'afghan en vadrouille et ma gueule de métèque, de Jésus Christ déglingué qui traînait son spleen dans un univers de rêve ou le reste du Monde ?

Non, il y a 50 ans,
le Monde n'était vraiment pas sérieux.
Et il ne l'est toujours pas plus.

Sorry !

J'aurais aimé définitivement fermer ce chapitre ! Mais les derniers événements d'Afghanistan m'obligent malheureusement à repartir en voyage et réouvrir un nouveau chapitre d'Histoire.

Septembre 2021, Kaboul

Il y a quelques mois, Donald Trump a fait à Doha un '*deal*' avec les talibans dans lequel il s'engage à retirer ses troupes d'Afghanistan contre la promesse des talibans « qu'aucun de leurs membres ou d'autres groupes, y compris Al-Qaïda, utilisera le territoire afghan pour menacer la sécurité des États-Unis ou de leurs alliés ». Trump n'a pas été réélu mais son successeur, Joe Biden, vient quand même de concrétiser cet accord et les américains ont cessé leur soutien à l'armée afghane et interrompu leurs appuis aériens. Les talibans n'ont même pas eu à attendre le départ du dernier soldat américain pour conquérir toutes les villes afghanes. Elles sont toutes tombées en quelques jours. Même Herat et Mazâr-e Charîf, qui ne sont ni des villes pachtounes ni de vrais bastions Taliban, ont été prises en quelques heures, pour ne pas dire quelques minutes et la ville de Jalalabad, sur la route qui mène au Pakistan et par laquelle de nombreux afghans auraient peut-être pu, en dernière minute, se sauver, est tombée, elle aussi, comme un fruit mûr aux mains des moudjahidins. Quant à la capitale Kaboul, les talibans l'ont prise sans pratiquement un coup de feu. Le président Ashraf Ghani s'est évaporé avec quelques coffres bien remplis et les soldats afghans ont abandonné leurs armes et leurs uniformes sans se battre. Les militaires américains se sont même laissés encercler dans l'aéroport de Kaboul, sans se soucier de garder une sortie de secours, toutes les routes menant à Kaboul étant alors entre les mains des talibans. Une étrange stratégie militaire pour la plus forte et la soi-disant plus professionnelle armée du monde.

La peur règne maintenant dans la ville. Tous ceux et celles qui ont travaillé pour, ou ont eu des contacts avec des européens ou des américains, ainsi que tous les membres de leurs familles, sont en danger de mort. Ce sont, pour les talibans, tous des collaborateurs et des traitres, et chacun sait ce que la populace, après une révolution ou une guerre, fait avec ces gens-là. Je crains qu'on ne leur rasera pas que le crâne. Leur chance de pouvoir fuir à l'étranger est maintenant minime, toutes les routes et les frontières sont contrôlées par les talibans et les américains ne laissent entrer dans l'aéroport que ceux qui leur plaisent.

Le noir-rouge-vert drapeau afghan a été plié et rangé, la république islamique est maintenant un émirat islamique et les drapeaux des talibans flottent partout dans le pays. Les barbus talibans patrouillent à nouveau dans les rues de Kaboul et fouettent les femmes qui ne s'habillent pas correctement. Un cruel déjà-vu ! Mais que font les soi-disant fiers afghans ?

Ils fument leur cigarette, boivent tranquillement leur thé et se racontent, sans doute, que c'est la faute des américains qui ont abandonné le peuple afghan à son sort. Ce qui n'est pas totalement faux, mais comme tout le monde le sait, les soldats américains n'étaient pas venus en Afghanistan pour défendre le MLF et les droits des femmes, ni pour instaurer une vraie démocratie ou jouer les bons Samaritains. Les militaires américains n'étaient venus en Afghanistan que pour combattre le terrorisme islamiste, jouer aux gendarmes et montrer leurs muscles. Qu'ils abandonnent le pays dans un tel chaos n'était, sans doute, pas vraiment prévu mais ce n'est rien de nouveau, « shit happens », et aussi longtemps que cela ne les touche pas directement, cela ne les gêne pas outre mesure. Ce « Grand Jeu[13] » ne leur a plus rien rapporté, à part quelques cercueils qu'ils n'arrivaient plus à expliquer au peuple américain. Ces vingt années leur ont aussi financièrement couté cher, très cher. C'était, à la fin, un jeu sans avenir qui ne leur rapportait plus grand-chose. Le ratio de rentabilité était tout simplement devenu trop mauvais et le CEO, le PDG des USA a liquidé l'affaire, il a revendu pour un dollar symbolique le pays aux talibans. C'est du moins ce à quoi cela ressemble. C'est triste mais c'est comme ça que le monde dans lequel nous vivons fonctionne.

Militaire et démocratie sont, de toute façon, rarement compatibles et ces interventions militaires au bout du monde apportent rarement la paix. Et puis,

---

[13] Le Grand Jeu/**The Great Game :** Conflit historique entre les britanniques et les russes pour le contrôle de l'Asie Mineure de 1813 à 1907.

les Etats Unis comme tous les autres pays ont leurs propres intérêts et leur propre agenda, que cela plaise ou pas. « America First » est leur officielle devise, ce qui n'est un secret pour personne.

Non, les vrais coupables sont bien les soi-disant fiers afghans ! Ce sont eux qui, en vingt ans, n'ont pas réussi à s'unir. Ce sont eux qui ont livré les femmes afghanes sur un plateau d'argent aux talibans. Ce sont ces mêmes Afghans qui ont simplement abandonné leurs femmes à leur sort, qui ne se sont pas interposés pour les protéger et défendre leurs droits. Les droits de leurs femmes ne les intéressaient pas ! Au contraire même, on pourrait être méchant et supposer qu'ils se réjouissent de pouvoir enfin reprendre le pouvoir sur leurs femmes et leurs filles.

Et maintenant, que vont devenir les courageuses femmes afghanes qui ont goûté, pendant cette période de transition, à la liberté. Vont-elles devoir à nouveau disparaître des rues, cacher leur vélo de course comme Najila de Bâmiyân ou leurs tricots de foot comme beaucoup de jeunes filles afghanes qui n'ont pas eu la chance comme l'équipe juniore d'Afghanistan de trouver l'exil au Portugal ? Vont-elles devoir plier l'échine et se soumettre pour éviter de se faire exécuter sur quelque place principale ? Personne ne le sait mais le pire est à craindre, car maintenant, Dieu ne vient même plus en Afghanistan pour y pleurer, seul le diable a le droit de s'y balader en mobylette avec une Kalachnikov sur le dos.

Les talibans vont maintenant pouvoir vendre le peu qui reste de Bâmiyân ainsi que les autres reliques de la civilisation gréco-bouddhiste de Gandhara, et tout ce qui rappelle les civilisations non-musulmanes du passé. Les collectionneurs peuvent déjà se réjouir. Et si l'argent ne suffit toujours pas, ils pourront toujours vendre aux européens quelques afghanes ou afghans qui les gênent et qui n'ont pas réussi à quitter le pays à temps, exactement comme l'Allemagne de l'Est le faisait avec ses citoyens indésirables avant l'effondrement du Mur de Berlin. Pour le reste, ils pourront voir avec les Chinois qui sont prêts à payer pour obtenir l'autorisation d'extraire les métaux rares qui dorment au cœur des montagnes de l'Hindu-Kouch.

Mais même si les américains et les chinois pensent pouvoir contrôler la situation, rien n'est gagné d'avance, la tempête de feu islamiste ne s'éteindra pas si simplement que ça. Elle pourrait très facilement continuer à se propager de l'est de l'Afghanistan vers les régions tribales du Nord-Pakistan et du sud du pays jusqu'au Baloutchistan. Le Pakistan risquerait alors d'être talibanisé et les talibans ou leurs frères pakistanais pourraient alors mettre la main sur la bombe atomique. En effet, qui peut vraiment croire que les talibans s'en tiendront là et resteront bien sages dans leur petit pays ? L'analyste Husain Haqqani l'a déjà.écrit "la parole des talibans n'est jamais digne de confiance » et j'ai de bonnes raisons de le croire (on peut aussi se demander si la parole des américains et de ses alliés est digne de confiance, mais c'est un autre problème). L'idéologie des talibans ne diffère pas beaucoup de celle des autres organisations islamistes et comme chaque bon islamiste le sait, le but ultime de tout islamiste est l'islamisation du monde entier. Les talibans et tous les autres groupes de la mouvance islamiste prônent tous une application rigoriste de la charia dans la vie quotidienne et pensent tous que la violence au nom de la foi est justifiée, que c'est même un devoir et que celui qui ne se bat pas pour ce but est un mauvais musulman. Ils n'auront donc de repos que quand le dernier infidèle sera pendu avec la corde que le dernier capitaliste leur aura vendue.

Comme on le voit, l'Histoire est loin d'être finie et personne ne sait vraiment ce qui nous attend. L'histoire de l'Afghanistan et celle du monde musulman pourraient même continuer à être palpitantes ou même devenir délirantes, tant l'anachronisme entre un monde digitalisé qui commence à conquérir les étoiles et un monde, qui semble encore perdu dans le Moyen-Age, me semble fou. Je trouverai même un certain plaisir à en observer les fantastiques épisodes si je pouvais arriver à oublier le destin tragique de ces millions de femmes afghanes et pakistanaises et occulter toutes les souffrances que ce choc de civilisations ne manquera pas d'induire.

Et, finalement, qui sait comment le choc climatique qui nous attend, la révolution écologique qui sera nécessaire pour en limiter les effets et le chamboulement technologique et digital qui, chaque

jour, change et bascule nos habitudes, s'accommo-
deront avec cette religion d'un autre univers ?

Quelles nations, quelles civilisations, quelles religions survivront-elles 'a ces chocs civilisation-
nels ? L'Histoire ne sera pas monotone et nous en
serons peut-être les témoins directs, avec à l'appui
des photos continuellement actualisées sur nos por-
tables et nos mobiles.

La Folie Moderne !

Il ne faut pas perdre foi en l'humanité.
L'humanité est un océan ;
quelques gouttes impures ne sauraient
la salir.

Mohandas Karamchand Gandhi

Épilogue

Mon ami Pierre a atteint Katmandou puis Goa et est ensuite rentré en Suisse, où il a commencé une nouvelle vie en tant que paysan dans une petite ferme du pays bernois avant de se lancer dans l'importation de vins italiens, son nouveau hobby.

Quant à moi, fidèle à mes opinions politiques et mes positions pacifistes, j'ai, quelques mois après mon retour d'Asie, fait mes adieux à la vieille France et ai tout simplement déserté. Je suis parti me réfugier en Allemagne chez mes amis de Wuppertal, ceux-là même que j'avais rencontré à Téhéran et qui vivaient ensemble dans une petite "Wohngemeinschaft". C'est dans cette région de la Ruhr que j'ai commencé ma nouvelle vie.

En mars 1973, le tribunal des forces armées m'a condamné par défaut à un an d'emprisonnement pour Insoumission en temps de paix, ce qui ne m'a pas énormément impressionné. Je me sentais alors en Allemagne en sécurité, jusqu'à ce que, quelques années plus tard, mon passeport ait expiré et que les autorités allemandes aient décidé de m'expulser, ce que j'ai pu, par chance, éviter. Mais c'est une autre histoire.

Le 4 août 1981, le gouvernement socialiste du président Mitterrand a amnistié tous les insoumis, les déserteurs et les objecteurs de conscience et j'aurais alors pu retourner en France, mais ce pays ne m'intéressait plus tellement.

Je vis encore en Allemagne et écris ce livre sur un voyage qui restera pour moi une fantastique aventure, un voyage initiatique, un moment inoubliable et unique. Toute tentation de le renouveler un jour n'aurait pu que finir dans un décevant cul-de-sac et je n'ai pas réessayé.

Mai 2002, États Unis

Pour fêter notre centenaire, Pierre et moi ayant atteint nos cinquante ans, un âge que nous ne voulions et ne pensions jamais atteindre, nous nous sommes offerts un trip de quatre semaines aux États Unis. Ce sera aussi le dernier voyage que nous avons pu entreprendre ensemble, car la santé mentale de Pierre s'est, depuis, énormément détériorée. Il est, depuis quelques années, interné dans un hospice du Jura Suisse, incapable de gérer seul son quotidien. La maladie de Korsakoff, causée par sa consommation exagérée d'alcools et peut-être de haschisch, ainsi que par ses antécédents génétiques, a détruit son cerveau. C'est à peine s'il me reconnaît.

En attendant que ce livre soit terminé, je lui ai offert, il y a plus d'un an, une version en images de cette aventure, un album avec beaucoup de folles photos et de dessins retraçant les plus intenses moments de ce Grand Voyage. J'espère qu'il sera capable de lire ce livre et comprendra que c'est aussi son histoire.

Ces flashs inoubliables, mis sur le papier, lui ont, j'espère, apporté quelques momentanés plaisirs. Le syndrome de Korsakoff ayant beaucoup de ressemblance avec la maladie d'Alzheimer, il se peut même qu'il ait maintenant la chance de redécouvrir ce livre quotidiennement et de laisser repasser dans sa mémoire défigurée, chaque jour de nouveau, ces images, de revivre des centaines, des milliers de fois ces intenses moments jusqu'à la fin de son *bad trip*.

« R.I.P Pierre »

Je vis, aujourd'hui encore, dans la Ruhr et je n'ai toujours pas complètement perdu l'espoir que le monde soit, un jour, meilleur et que la loi du plus fort, qui domine toujours notre monde, soit, pas à pas, remplacée par des lois intelligentes et respectueuses de tous et de toutes, des lois qui protègent également la Nature dont nous ne sommes que des flocons de neige. Et comme « Abandonner n'est pas une option », je n'ai d'autre choix que de continuer à m'indigner et, aussi longtemps que possible, soutenir les jeunes qui se battent pour un monde meilleur, toutes les Malala et toutes les Greta, toutes ces jeunes filles en fleur ou avec fleurs qui me laissent de plus en plus croire que « *La Femme est l'avenir de l'Homme* » !

Car, je crois que la ainsi dénommée *Révolution Sexuelle des années soixante* n'a pas changé beaucoup à la manière de faire le sexe mais a été une étape importante sur le chemin de la libération des femmes et, dans la lignée, des homosexuels et d'autres.

La libération de ces énergies longtemps étouffées a commencé à changer le monde et continuera, je l'espère, à en bouleverser la face. Une révolution non-violente, aidée par les découvertes modernes mais surtout portée par la force gigantesque des femmes qui se sont battues et se battent à visage ouvert ou à découvert, que ce soit en France, en Allemagne, en Pologne, en Iran, ou autre part dans le Monde, contre des *républiques* catholiques, baptistes ou autres, ou contre des *dictatures* orthodoxes, communistes, islamistes ou je ne sais quoi. Dans ce monde dominé depuis des milliers d'années par des hommes, qui sont en train de le détruire, il est urgent et nécessaire que les femmes prennent la place qui leur revient. Cela ne peut plus continuer comme ça, il nous faut maintenant bâtir ensemble ce nouveau monde, que nous avons entrevu, et dont nous avons rêvé, il y a cinquante ans, un meilleur Monde pour toutes et tous.

Et, comme l'a dit Stéphane Hessel :

*« Il ne faut pas s'arrêter à l'indignation,
mais travailler pour que les choses changent »*

Alors

216

Aidons tous celles et ceux qui s'indignent
et se battent sans violence,
Mahbuba aus Mazâr-e Charîf , journaliste
Najila aus Bâmiyân, sportive cycliste
et puis,
de Hong Kong à Minsk avec Agnes et Svetlana
de Stockholm à Kampala avec Greta et Vanessa
de Manille à Damas avec Maria et Amani
et avec des milliers d'autres.
Espérons !

« *Liberté !*
N'oublions jamais de la célébrer,
la défendre, la protéger »
Tita Nzebi

Car elle est et sera toujours en danger.

---

[14] **Agnes Chow Ting** est une activiste de Hongkong.
Swjatlana Zichanouskaja est une militante des droits civiques biélo-
russe.
Greta Tintin Eleonora Ernman Thunberg est une activiste suédoise
pour le climat.
Vanessa Nakate activiste ougandaise pour le climat.
Maria Angelita Ressa est une journaliste philippine
Amani Ballour est une médecin syrienne.
Gulalai Ismail est une militante des droits civiques pachtoune origi-
naire de Khyber Pakhtunkhwa, Pakistan.
Panusaya „Rung" Sithijirawattanakul est une militante thaïlandaise
Sans oublier : **Malala, Carola Rackete, Kahina
Bahloul, Nemonte Nenquimo, Nouf Abdulaziz, Loujain
al-Hathloul, Bjeen Alhassan, Anika Chebrolu, Marie-
Cécile Naves, Tatiana Mukanire Bandalire** et
Khadija "Khadjou" Sambe, pour ne citer qu'elles.

Que ce livre en soit partie.

FIN

Repères chronologiques personnels

1952   Naissance des deux voyageurs,
Pierre à Berne, Patrick à Caen.

1952-1968   Ils apprennent à lire :
Mickey, Hergé
Alexandre Dumas, Jules Verne
Robinson Crusoé
Le dernier des Mohicans,
Pilote etc.
Et continuent de lire :
Tolstoï et Dostoïevski,
Gandhi, Boris Vian, Émile Zola
H.P. Lovecraft, André Breton
H. D. Thoreau, Rudolf Steiner
Henry Miller, Salinger
Ronald Laing, Céline
Raul Vaneigem, Aragon
Jerry Rubin, Herbert Marcuse
Claude Pélieu, D.T. Suzuki
Alan Watts, J. Baudrillard
Lao Tseu, Rimbaud
William Burroughs, Antonin Artaud
Hermann Hesse, Jack Kerouac
Allen Ginsberg, P.K.Dick
et le (génial) *Trio Infernal*
Freud, Marx, et Einstein

Juin 1967	*St Pepper's Lonely Hearts Club Band*, Beatles
Oct. 1967	Mort de Che Guevara
Avril 1968	Assassinat de Martin Luther King à Memphis
Avril 1968	Attentat contre Rudi Dutschke à Berlin
Mai 1968	Mouvement de Mai 68
Mai 1968	« Nous sommes tous des juifs allemands » Manifestation contre l'expulsion de France de Daniel Cohn-Bendit.
Oct. 1968	*Jeux olympiques de Mexico.* Poings levés de plusieurs athlètes américains pour protester contre la ségrégation raciale.
Février 1969	Hara-Kiri Hebdo sort son 1er Numéro
Août 1969	Festival de Woodstock Jimi Hendrix, *l'Indien noir*, joue sa version distordue de l'hymne américain, parodiant les bombes, les rafales de mitraillette et les cris des victimes. *« Love and Peace »*

Oct. 1969	Festival d'Amougies avec Frank Zappa, Soft Machine, Pink Floyd, Gong, Sun Ra et beaucoup d'autres. La Révélation !
Nov. 1969	Concert de GONG sur le parking d'un supermarché. Découverte du *Camembert Electrique* de Daevid Allen.
Juil. 1970	*A whiter shade of pale* von Procol Harum le slow de l'été à Nice
Août 1970	Festival d'Aix en Provence avec Leonard Cohen, Mungo Jerry et al.
Août 1970	Festival de l'Île de Wight avec Yves qui fugue pour y aller. Hendrix, les Doors et beaucoup d'autres y jouent. Richie Havens clôt le Festival aux sons de *Freedom.*
Sept. 1970	Amsterdam est la capitale des hippies. Le père d'Yves vient y chercher son fils, celui-ci nous découvre sur la Place du Dam. La fugue est finie !
Sept. 1970	Mort d'Alan Wilson, Canned Heat *On the road again*

Sept. 1970	Mort de Jimmy Hendrix
Oct. 1970	Mort de Janis Joplin
Oct. 1970	N°1 d'ACTUEL novapress. 1er magazine underground français
Nov. 1970	Interdiction de Hara-Kiri Hebdo « journal bête et méchant ». Censure contrée une semaine plus tard par la création de Charlie Hebdo « le journal qui profite du malheur des autres ».
Janv. 1971	Sexe, Vin et Musique dans mon appart de la rue des Cordeliers. *Paranoid* de Black Sabbath est joué en boucle.
Février 1971	Départ pour Bienne, en Suisse. Les deux voyageurs se rencontrent dans un bâtiment occupé par des anarcho- maoïstes suisses.
Mars 1971	Petite tournée à Heidelberg, la capitale du LSD.
Avril 1971	*Monster Movie* du groupe allemand CAN. « yoo doo right ...Man, gotta move on!, man, you gotta move on, man » nous hypnotise.

Juin 1971	*Prendre la route*, ACTUEL novapress.
Été 1971	Vivons à Bienne, Suisse, de la vente de bijoux que nous fabri- quons artisanalement. Alpage chez David, un anthroposophe.
Juil. 1971	Les flics de Berne nous arrêtent et nous foutent en prison.
Juil. 1971	Mort de Jim Morrison, Doors. *Riders on the Storm*
Juil. 1971	Procès et Expulsion de Suisse. Pierre reste emprisonné pour *Objection de Conscience.*
Oct. 1971	*BEUARK ! C'est quoi l'écologie ?* ACTUEL novapress N°13 On en parle déjà en 1971 !
Oct. 1971	Voyage en Cévennes dans un village abandonné.
Fin 1971	Vie dans une communauté de Caen. *Ummagumma*, Pink Floyd
Février 1972	Je me déclare comme « *Objecteur de Conscience* », lors de la visite médicale

du conseil de révision.
Ils me déclarent « *apte à servir* ».

Mars 1972	Départ pour Göttingen avec Daniel.
Avril 1972	Préparation du Grand Voyage. Vaccination en Yougoslavie
Mai 1972	Traversée de la Grèce, de la Turquie et de l'Iran.
Mai 1972	La folle Afghanistan ... Herat, Kaboul
Juin 1972	Les Bouddhas de Bâmiyân. L'Extase !
Juin 1972	Passons plusieurs jours dans des cavernes au pied d'un des lacs de Band-e Amir à 3000m d'altitude.
Juil. 1972	Séjour d'un mois à Matiltan, au fin fond de la Vallée de Swat.
Août 1972	Traversée du Pakistan.
Août 1972	Traversée du Baloutchistan, de l'Iran et de la Turquie. Retour en Europe.
2 Sept. 1972	Retour à Caen.

5 Sept. 1972	11 athlètes israéliens sont assassinés par des terroristes palestiniens lors des jeux olympiques de Munich, 4 jours après mon passage.
Déc. 1972	Concert de Pink Floyd à Caen. *The Dark Side of the Moon* Tour
Janv. 1973	Départ pour Wuppertal (Allemagne). Début de l'exil.
Mars 1973	Le tribunal des forces armées me condamne par défaut à un an d'emprisonnement pour *Insoumission en temps de paix.* Et je m'en fous !
1973–1977	Vis en Allemagne dans différentes WGs. Petits boulots. Voyages en Europe.
Juin 1977	Mon passeport expire. Les autorités allemandes veulent m'expulser d'Allemagne.
Juil. 1977	Je fais une demande d'asile politique en Allemagne et me prépare parallèlement à m'exiler en Autriche ou en Suède.
Oct. 1977	Suicide d'Andreas Baader et de Gudrun Ensslin dans leurs cellules de la prison de Stuttgart. Ulrike Meinhof, elle, s'est

déjà suicidée en 1976.
La FIN de la RAF et des *Années de plomb*
en Allemagne.

Nov. 1977   Les sociaux-démocrates de la Westpha-
                 lie se montrent conciliants, ils acceptent
                 ma vieille carte d'identité. L'expulsion
                 est repoussée.
                 Je retire ma demande d'asile.

Janv. 1978   Je me marie pour éviter une nouvelle
                 expulsion.

Août 1981   Loi d'amnistie du 4 août 1981.
                 Merci Mr. Mitterrand.
                 L'exil est officiellement terminé.
                 Mais je préfère rester en Allemagne.
                 Je peux, au moins, retourner en France
                 pour revoir ma famille.

1981-1989   Actif dans la « Friedensbewegung »
                 (Mouvement pour la Paix) et les « Dritte
                 Welt Laden » (Magasins du Tiers-
                 Monde).
                 Je m'embourgeoise lentement.
                 La famille s'agrandit avec Björn, Chris-
                 tian et Mandy.

Nov. 1989   « Le Mur de la Honte » tombe.

Oct. 1990   L'Allemagne se réunifie. L'Empire Sovié-
                 tique se fissure et certains pays se libè-
                 rent du joug. L'URSS va bientôt dispa-
                 raître.

Oct. 1998   Joschka Fischer, ami de Cohn-Bendit,
                 devient vice-chancelier et ministre des
                 affaires étrangères de la RFA.
                 « La Longue Marche à travers les Insti-
                 tutions » commence à porter ses fruits.
                 L'Alternative Verte est en marche !

Sept. 2002   Je fonde avec Ann Gibson et Ricky, l'as-
                 sociation contre le SAF *(Le syndrome
                 d'alcoolisation fœtal).*

Mai 2003   Trip d'un mois aux États-Unis avec
                 Pierre, deux mois après le début de la
                 Guerre d'Irak.
                 Les *french fries* ne sont plus au menu,
                 mais le trip est bon.
                 Miller n'est plus à Big Sur et les hippies
                 ont déserté San Francisco !

227

Été 2008	Jeux Olympiques de Pékin. La Chine montre au Monde qu'elle est en voie de devenir la plus grande dictature colonialiste et impérialiste de la Terre ! À chacun son tour !
Janv. 2015	*Attentat* islamiste contre *Charlie Hebdo*. 11 personnes sont assassinées.
Mai 2017	Élections présidentielles en France. 10 Millions de Français votent pour Marine Le Pen. 16 Millions de Français s'en foutent complètement.
2017	Je prends la nationalité allemande.
2019-2020	Il est temps de mettre cette histoire sur le papier.

Chronologie
Iran, Afghanistan, Pakistan

1000 AEC	Le zoroastrisme (Zarathushtra) devient la religion dominante en Iran.
540 AEC	Cyrus II, fondateur de l'Empire perse achéménide, proclame la liberté de religion et l'abolition de l'esclavage.
328 AEC	Alexandre de Macédoine conquiert la Perse, l'Afghanistan et le Pakistan. Il fonde Kaboul, Kandahar et Herat.
250 AEC	Création du royaume gréco-bouddhique de Bactriane (Balkh/Afghanistan).
Vers 0	Premier monastère bouddhiste construit dans la vallée de Swat.
0 – 900	Culture bouddhiste du Gandhara.
300 – 700	Construction des Bouddhas de Bâmiyân.

600 - 700	Les arabes conquièrent l'Empire Perse et l'Afghanistan.
.	L'Islam gagne en influence.
750 - 1200	Nombreuses incursions de diffé- rentes tribus nomades.
1207	Djalâl ad-Dîn Rûmî, poète mystique soufiste né à Balkh. A-t-il un jour médité ou dansé aux pieds des Bouddhas ?
1250 - 1700	Les Mongols dominent l'Asie Mi- neure.
1748	Création de La dynastie pachtoune des Durrani. Naissance de l'Afghanistan.
1813-1907	« Le Grand Jeu » Conflit entre la Grande-Bretagne et la Russie pour la dominance en Asie Mineure.
1858–1947	*Raj britannique* Règle de la Couronne britannique sur le sous-continent indien.
1926	Reza Chah Pahlavi est couronné chah de Perse. Son fils prend le pouvoir en 1941.

1947	Indépendance de l'Inde et partition en deux États : le Pakistan à majorité musulmane et l'Inde à majorité hindoue.
1947–1948	Première guerre indo-pakistanaise.
1956	Le Pakistan devient une république islamique.
1965–1975	Les hippies traversent le pays.
Juil. 1973	Coup d'État du prince Mohammad Daoud.
1973-1978	Le soulèvement armé des nationalistes baloutches se solde par un échec et des milliers de morts.
1977	**Coup d'État militaire au Pakistan.**
Avr. 1978	Coup d'État militaire en Afghanistan.
Fevr. 1979	L'ayatollah Khomeini revient en Iran après 15 ans d'exil. L'Iran devient une république islamiste. Les *Gardiens de la Révolution* font régner la terreur.

Déc. 1979	Intervention soviétique en Afghanistan. Arrivée massive de réfugiés à Peshawar et au Baloutchistan.
1979-1996	Guerre civile en Afghanistan. Les Américains soutiennent les moudjahidines.
1980-1988	Guerre Irak-Iran. 680 000 morts, dont 480 000 Iraniens, 150 000 Irakiens et 50 000 Kurdes
1986	Pakistan : La charia est la loi officielle. Le blasphème est interdit.
Sept. 1996	Les talibans s'emparent de Kaboul. La guérilla continue.
1979-2001	6 millions d'Afghans s'exilent, la majorité au Pakistan, principalement à Peshawar, au Baloutchistan, à Quetta et dans la vallée de Swat.
1998	Le Pakistan a maintenant sa propre bombe atomique. Bienvenu dans le Club !

Oct. 1999	Le président iranien Mohammad Khatami dépose une gerbe sur les tombes de Pierre et Marie Curie. L'Iran frappe à la porte du *Club Atomique*
1995–2021	Différents Embargos contre l'Iran. La population souffre. Sauve qui peut !
Mars 2001	Destruction des Bouddhas de Bâmiyân.
Oct. 2001	Intervention américaine et de l'OTAN en Afghanistan.
2001-2021	« The war goes on »
Août 2021	Les américains se retirent d'Afghanistan. Les Taliban reconquièrent tout le pays.

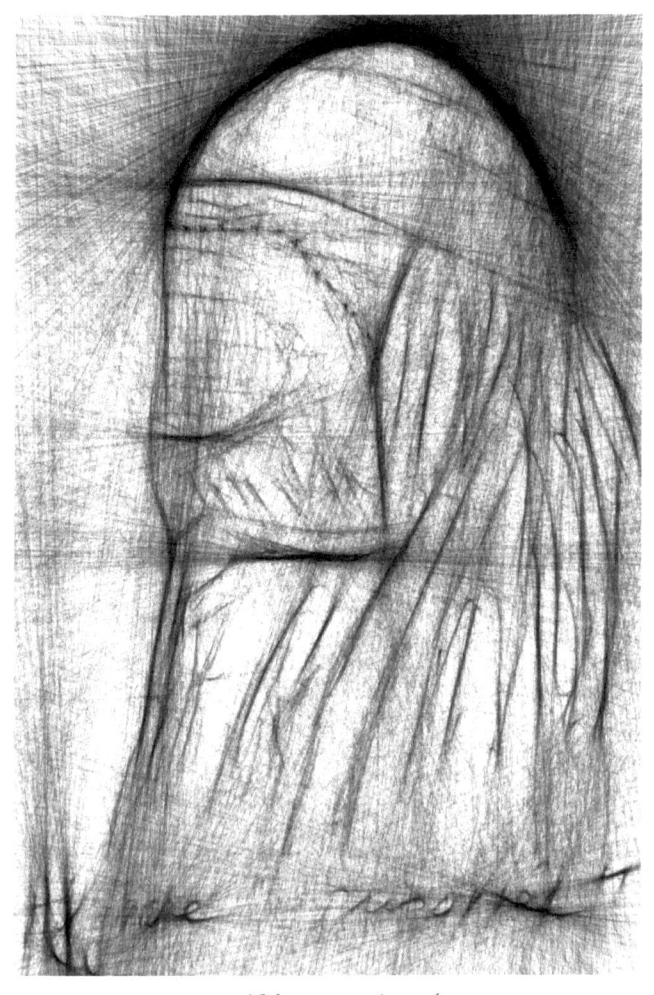

Afghane emprisonnée

Textes écrits à Band-e Amir

Tête qui gonfle.... explose et se décompose sous la
dureté du soleil bleu....
Taches grises, brunâtres, enveloppantes, d'un man-
teau ...
Saphir brûlant sur le sunset ...
Abri de mort, pierres entassées, ramassées et cas-
sées d'un revers de main...
Pleurs de rêve entourés de milliers de danseurs et
danseuses,
Reines de pays imaginaires aux parfums aphrodisiaques de la rosée.

Une immense fleur à la chevelure blanche piétine le
soleil.

Un cheval ailé et mille papillons-oiseaux m'entraînent vers l'océan.
Océan de fleurs et de plaisirs étendus sur l'espace
de la perfection.

Les sons de la guitare pénètrent dans l'oreille gigantesque comme des hallucinations multicolores.

Des voix d'anges, de sirènes, de déesses walkyriennes qui s'étendent sur un grand matelas près d'une source de liqueur veloutée et aphrodisiaque.

Des boissons roses servies dans des calices, planent au-dessus de nos corps, les arrosent, les caressent et les parfument.

Mon corps est imprégné d'une jaune légèreté, il plane au-dessus des germes d'oxygène et des sons ruisselants, avant d'exploser en cascades dans un lit de douceurs.

En dessous de moi, des champs de couleurs, des jardins de musiques vertes et des parfums divins.

Pour le repos de nos âmes arrachées des chaînes de vie-mort-renaissance

Textes écrits à Matiltan

25 Juin 1972

Dans le vide de l'esprit, Il n'y a qu'un cheval mort
qui galope sans bouger les pattes,
un fantôme étreignant l'insondable néant.

Des mondes si beaux, si riches, mais toujours entourés de barbelés.
Des fusils claquent, des canons...
Et partout, des hommes, des femmes étendus raides
au milieu de leur sang noir.
Une violette, peut-être, et un million de cadavres en
décomposition pour la fertiliser.

28 Juin 1972

Le ciel, noir, un point, la lune.
Son parc, éclairé. Son jardin, ses douceurs.
L'univers spirituel engloutit tout mon être dans sa
vision stellaire.
Extase lunaire, noire et hypnotique sous les sons de
la mer qui se brise.
Mon bonheur, ce soir, repose dans un morceau de
ciel, dans une lune jaune.
Il fait froid, je tremble, le vent me pénètre mais je
reçois le cri de la mer, mes yeux s'emplissent de
paix à la vue de ce ciel...

Tout vibre comme la fleur sur sa tige...

Poésie des mots, poésie des sons, poésie des images
....

La laideur semble disparaître, ne plus exister
même.

Poésie de l'Amour.

Sensations dans tout le corps, le sang battant, le
front brumeux

Sourire sur le visage, expression du bonheur, joie
calme, intérieure ....

Poésie des mots que l'on peut dire, que l'on dit parfois .... Mots que l'on écrit, que l'on relit et qui font
sourire, qui font aimer, vibrer ....

Mots dans une lettre, lettre d'amour, de beauté, de
fraîcheur.

Poésie des sons.

Une guitare pleure, crie, sourit, éclate de joie

Un sitar suit sa voie, calmement, avec délicatesse et
tendresse ....

Une flûte monte dans les airs avec la fumée des feux
....

Des voix vibrent avec les fleurs, les arbres, les âmes
...

Les tablas rythment nos battements de cœurs et en-
flent avec nos sensations.

Et le Silence remplit nos poumons, notre corps et
monte jusqu'à notre cerveau pour y apporter de la
légèreté, du vide, clair, limpide, *(in)transcriptible*, si
simple, si léger, si clair, si inutile, si difficile à expliquer.

Poésie des images.

Flashs des montagnes, de la neige, du torrent impétueux, d'un enfant souriant, d'une mère avec son bébé, d'un animal vivant, tel qu'en son âme, un animal si différent de ce qui est dit, un animal vivant vraiment, te comprenant et te sentant et toi lui.

Le temps s'arrête net ...

Il ne reste dans la mémoire qu'une étincelle, un éclair, un flash.

Le flash n'a été qu'un flash. Il n'existe qu'en intensité.

Le Temps, l'Espace n'ont plus aucune valeur...

Il ne reste que le Flash, vibration, moment de haute électricité, d'explosion du cerveau en dehors de son habitacle, moment où l'esprit est cosmique, universel, plein et vide, infiniment grand et infiniment petit ... moment où tout se noie dans l'Univers et l'englobe en même temps ; moment où tout est Néant ... inclus et incluant ... indéfinissable, intraduisible, irréel ....

Quel rôle exact a joué le shit en ce moment ?

N'a t'il été qu'un catalyseur, un simple amplificateur qui a porté ces sensations à leurs extrêmes, m'a conduit dans un délire, une complète schizophrénie ?

Je ne sais pas mais j'ai ressenti un immense soulagement, un bonheur, une plénitude, une libération totale.

17 Juillet 1972

Caresses du soir, de l'air frais, de la lune
et la route des étoiles s'éclaircit
Le chemin de l'Amour se dessine en fleurs sur ses

hanches
son corps est un galet rose qu'on effleure du bout
du corps
Plante qui s'ouvre sur un nid de velours et s'enroule
dans ses palmes duveteuses
Plante amoureuse du soleil couchant
Plante à aimer et savourer
à caler contre son buste
et embrasser jusqu'au lever des envies, au désir de
rêver.
Amour levant sa face, fière et élancée,
au creux des nuits du Monde
aux moments des grands plaisirs de l'autre côté du
péché mortel.
Tel un dieu, une déesse, nus, enlacés
dans l'espace tracé par les étoiles aux formes
agréables
se frottant sur le ciel,
Un ciel d'un bleu,
d'un bleu d'amour, de joie,
Plénitude du corps qui savoure sa richesse,
son pouvoir d'unité ... avec l'humanité
faisant de la nuit un coffre de joyaux
de bijoux odorants, chatouillants.
Amour du jour embrassant le sphinx de la nuit
clarté souriant aux anges aphrodisiaques
Le Temps se ralentit, va fondre dans les rêves
dans les lumières astrales
s'oublie
et se perd dans les vents de l'Orient.

Caresses oubliées .... envolées.

17 Juillet 1972

Ils ont noyé la rivière
par saccades explosantes
Les insensés de toujours et de partout
les fous du bâton explosif
les fous de la grenade
à billes brûlantes et noires
Ils détruiront tout .... Tout

(Description d'un dessin)
Ses cils sont envahis par les ailes d'un aigle
Ses yeux sont prisonniers de ses serres
Son nez dévoré par sa gueule
Sa bouche est un bateau
flottant sur son menton
Ses joues sont enflammées par le soleil et la lune
Le lieu de sa pensée est envahi par le ciel
et son œil intérieur surgit de la beauté.

24 Juillet 1972

Les étoiles, graines de sucre argentées, s'éteignent
pour mon réveil.

Niche du Grand Bouddha.
Vide !